AF468486

ACHILLE SEGARD

LA MISSION CIVILISATRICE
DE LA
LITTÉRATURE FRANÇAISE

SUIVIE DE

Notre Œuvre en Orient

PARIS

ALBIN MICHEL

22, Rue Huyghens

ACHILLE SEGARD

LA MISSION CIVILISATRICE
DE LA
LITTÉRATURE FRANÇAISE

SUIVIE DE

Notre Œuvre en Orient

Z Barrès
29014

DU MÊME AUTEUR

POESIE

Hymnes profanes.
Le Départ à l'aventure.
Le Mirage perpétuel.

CRITIQUE LITTERAIRE

Itinéraire fantaisiste.
Les Voluptueux et les Hommes d'action.

ROMAN

L'Envie.
L'Avarice.
L'Orgueil.
L'Argent volé.

VOYAGE

La Sicile.

CRITIQUE D'ART

Sodoma et la Fin de l'Ecole de Sienne au XVIe siècle.
Articles épars.

ACHILLE SEGARD

LA MISSION CIVILISATRICE
DE LA
LITTÉRATURE FRANÇAISE

SUIVIE DE

Notre Œuvre en Orient

PARIS
ALBIN MICHEL
22, Rue Huyghens

Il a été tiré de cet ouvrage dix exemplaires
numérotés sur papier de Hollande teinté.

PRÉFACE

L'objet des diverses missions dont j'ai eu l'honneur d'être chargé par le Comité Central de l'Alliance Française et par M. le Ministre de l'Instruction publique, était de visiter les écoles où l'on enseigne le français, d'écouter les professeurs, les élèves, et de fonder ou de stimuler les Comités locaux décidés à maintenir et à propager l'usage de notre langue.

Tel a été le but que j'ai poursuivi en Grèce, à Constantinople, en Syrie, en Palestine, en Egypte, en Russie, en Allemagne, dans le Luxembourg, en Belgique et en Hollande.

Les conférences étaient un moyen de donner à ces Comités l'occasion de se réunir et de se resserrer. L'un des sujets qui intéressèrent le plus ces auditoires de races et de nationalités si diverses peut se résumer par ces mots : « La Mission civilisatrice de la Littérature Française ».

Il y a si peu de trouvailles à faire sur un tel sujet que la publication de ce petit livre me semblait inutile. Mais plusieurs de mes amis — principalement des Français établis à l'étranger — m'ont fait observer que l'amour-propre d'auteur est déplacé en cette matière et que ces pages, une fois réunies, pourraient constituer une brochure de propagande. Cet argument est le seul qui ait pu vaincre de longues hésitations.

A. S.

La Mission Civilisatrice de la Littérature Française

On a dit bien souvent que le Français ne connaissait pas d'autre langue que la sienne, et quelques-uns ont si bien raillé cette ignorance que nous nous sommes appliqués à apprendre l'anglais, l'allemand, l'italien, l'espagnol et même l'arabe (qui figure aux programmes scolaires des jeunes Français d'Algérie) de sorte qu'il n'est plus aujourd'hui en France un seul jeune homme candidat au baccalauréat ou à la moindre école de commerce qui n'ait au moins quelques notions des deux ou trois langues principales de l'Europe. On nous rendra bientôt justice à ce point de vue. Nous nous sommes résolus courageusement à apprendre les langues modernes. Mais on ne dira sans doute pas assez que nous avons eu, ce faisant, d'autant plus de mérite que depuis plus de deux cents ans nous étions accoutumés à n'entendre que le français dans la société la plus polie de chaque pays civilisé. Notre langue avait en Europe une situation privilégiée, une puissance d'expansion, et, pour tout dire en un mot, un prestige qui est heureusement très loin encore d'être effacé, et dont j'ai trouvé des témoignages émouvants dans mes divers voyages de conférences en Russie, en Grèce, en Turquie, en Asie-Mineure, en Syrie, en Egypte, en Italie, au Luxembourg, en Hollande et en Belgique.

Tout le monde sait qu'une coutume séculaire veut qu'il y ait aujourd'hui encore à Saint-Pétersbourg un théâtre impérial comparable à notre Comédie-Française et qui joue exclusivement en français, tantôt les tragédies de notre XVIIe siècle, tantôt les drames de Victor Hugo, et plus souvent encore les pièces les plus modernes qui se trouvent ainsi représentées presque en même temps à Paris et en Russie (1). L'empereur assiste souvent à ces soirées à côté de l'impératrice et entouré de toute sa cour, il n'est petit noble ni bourgeois influent qui ne tienne à honneur d'y être présent et il n'est guère de personnalité dans la société élégante qui ne comprenne jusqu'aux nuances la prose ou les vers de nos auteurs dramatiques. Dans les écoles supérieures du gouvernement la langue française est obligatoire pour les jeunes filles comme pour les jeunes hommes (2). Notre langue est demeurée là-bas la langue

---

(1) Sous Louis XIV des troupes françaises allaient déjà à Pétersbourg jouer en corps notre théâtre avec le plus grand succès. D'autres troupes françaises jouaient en Allemagne.

(2) Pendant l'affaire Dreyfus, nous dit M. Nowicow, le compte rendu du procès était imprimé *in extenso* et en français à Stavropol, ville de 40.000 âmes aux confins du territoire russe, au nord de la chaîne du Caucase.

des gens cultivés. Même entre eux les Russes se font souvent un point d'honneur de s'exprimer en français, ils confient l'éducation de leurs enfants à des gouvernantes ou des précepteurs français, et j'ai pu constater personnellement que, dans certains salons de Moscou et de Saint-Pétersbourg, on discute nos volumes derniers parus avec autant de compétence et de vivacité que dans les salons les plus littéraires de Paris.

Avec moins de stabilité nous retrouvons cette organisation théâtrale en Angleterre, où, presque chaque année, la Comédie-Française va donner une suite de représentations à laquelle se reprocherait de manquer un gentleman lettré. Ces représentations ne font que terminer avec plus d'éclat les séries de représentations particulières qu'organisent à chaque saison les tournées de comédiens français qui passent en Angleterre, tantôt sous la conduite d'un impresario, tantôt sous la direction de Mme Sarah-Bernhardt. Un petit théâtre français existe et prospère à Londres. On n'y joue qu'en français. Les abonnés forment entre eux une sorte de club. Les cercles de conversation française deviennent de plus en plus nombreux. A Dublin, à Edimbourg, et même dans les villes purement industrielles, comme Birmingham, on organise des conférences françaises. Edouard VII parlait le plus pur français (1). Il aimait à se dire Parisien. Il favorisait la diffusion de la culture française.

En Amérique, des millions de Canadiens ne parlent que français et nos troupes dramatiques parcourent en tous sens le Canada et les Etats-Unis. D'autres troupes voyagent en Hollande, en Allemagne, en Autriche, en Belgique et en Italie. Il n'est presque pas de grande Université en Europe qui ne se soit adjoint des cours de langue et de littérature françaises professés en français par des professeurs français. Au mois d'octobre 1900, avec l'assentiment, peut-être même par l'initiative de l'empereur Guillaume, le ministre de l'Instruction publique prussien manifestait à notre gouvernement le désir de créer à l'Université Royale de Berlin une chaire de langue et de littérature françaises, et lui demandait d'en désigner le titulaire parmi les professeurs de notre Université. Ce cours est devenu tout de suite à la mode. La salle où se réunissaient les auditeurs s'est trouvée trop exiguë. On a dû changer le local, et près de quatre cents personnes ont suivi,

(1) Il est de tradition dans toutes les familles royales et notamment dans la famille royale d'Angleterre que l'héritier du trône complète son éducation par un long séjour à Paris. La valeur éducatrice de la langue, de la littérature et des mœurs françaises paraît donc incontestable même aux Anglais.

dès la première année, le cours de M. Haguenin sur l'évolution de la poésie lyrique au XIXe siècle depuis Rousseau jusqu'à nos jours (1).

Tous ceux qui ont voyagé en Allemagne savent quel prestige y ont gardé la langue et les arts français. Dans toutes les villes importantes vous trouvez au moins une librairie où se vendent la plupart des ouvrages français. Nos livres d'art, nos romans et nos livres scientifiques sont traduits dès leur apparition. Les Allemands attirent en très grand nombre les institutrices et les professeurs de français. Tous ceux qui se targuent de quelque culture se flattent aussi de savoir un peu de français. Leur désir d'apprendre et de parler notre langue est tel que, bien souvent, les Français qui voyagent en Allemagne sont importunés soit dans les hôtels soit en chemin de fer par des inconnus qui trouvent des prétextes de conversation rien que pour avoir l'occa-

---

(1) Entre l'Université de Paris et les Universités américaines notamment entre Paris et Harvard des professeurs de littérature ont été officiellement échangés. Bordeaux, Toulouse, Montpellier, sont en relations régulières avec Madrid, Salonique, Oviedo, Valladolid, Barcelone et Valence.

L'Institut français de Saint-Pétersbourg a été fondé par M. Paul Doumer avec l'appui efficace de la haute société russe. A Vienne, à Constantinople et à Buenos-Ayres quelques étrangers travaillent à organiser des institutions inspirées du même esprit.

sion de prendre gratuitement une leçon de français. On joue nos pièces partout. On vante ou l'on décrie les idées françaises. Tous nos grands mouvements politiques sont l'objet dans la démocratie allemande d'une sorte de répercussion qui se fait vivement sentir. L'Empereur d'Allemagne parle français comme un Parisien. Tous les grands dignitaires de la Cour et ceux qui vivent dans les milieux aristocratiques le parlent couramment. Notre langue est donc l'objet, même chez nos ennemis personnels, d'une curiosité et souvent d'une sympathie très vives.

Cette sympathie, on le devine, est bien plus nette et bien plus démonstrative parmi les autres peuples européens.

En Italie notre mouvement littéraire est suivi et en bien des cas imité par toute l'élite intellectuelle. Les livres français se trouvent partout. Partout on joue nos pièces, traduites ou non. Un institut français (1), obtient à Florence le plus vif succès. A Rome, les œuvres de bienfaisance ou d'éducation françaises sont innombrables. Les plus grands écrivains italiens reconnaissent devoir à la France une partie très importante de leur éducation intellectuelle. M. Fogazzaro parle couramment français et M. d'Annunzio est à ce point imprégné de

(1) Dépendance de l'Académie de Grenoble.

la langue et de la littérature françaises qu'il a pu penser en français et écrire impeccablement dans notre langue son « Mystère de Saint-Sébastien ».

En Espagne, les cercles de conversation française deviennent chaque année plus nombreux. Un lycée franco-espagnol a été fondé récemment à Madrid (1) et compte parmi ses élèves les fils de l'aristocratie. On lit nos livres. On écoute avec plaisir nos auteurs dramatiques. Tous ceux qui veulent parvenir à la haute culture empruntent de la langue et de la littérature françaises les éléments principaux de leur formation intellectuelle. On parle français, même dans la vie courante, dans tous les cas où l'on ne parle pas espagnol. Les Allemands ou les Anglais n'ont de choix pour se faire comprendre qu'entre la langue espagnole et la langue française.

Il en est de même dans tous les pays où l'espagnol est langue nationale. Dans la République Argentine, à mesure que se développe le goût de la haute

---

(1) Grâce aux efforts de quelques Madrilènes lettrés, de notre Ambassadeur, et grâce au concours de l'Université de Toulouse, de l'Université de Bordeaux et de l'Etat français, il existe depuis quelques années à Madrid — logée à l'Ambassade — une sorte d'Ecole française comparable à celle de Rome. Cinq ou six jeunes hommes d'élite y travaillent sur des sujets d'érudition : archéologie, histoire, beaux-arts, sciences spéciales ou même musique.

culture, se développe aussi le désir de connaître et de parler notre langue. Il en est ainsi au Pérou, au Chili, au Mexique (1), et au Brésil où les sympathies pour la France sont si vives.

Au Portugal, — malgré la prépondérance politique de l'Angleterre — les livres scientifiques et les romans français sont plus répandus que les livres anglais. On n'y voit pas de livres allemands.

En Grèce notre langue a bénéficié de tout temps d'une situation privilégiée. Notre école d'Athènes est un centre d'influence française. Le roi et la Cour parlent français. Le cercle du Parnasse organise des conférences françaises. Nos livres d'archéologie sont estimés au moins à l'égal des livres allemands et nos romans ou nos pièces sont préférés à ceux de tout autre pays. A Phalère, station estivale très élégante, non loin d'Athènes, chaque année une troupe française va donner des représentations dramatiques.

Il est inutile d'insister sur la situation privilégiée de la langue française en de petits pays de haute culture comme la Roumanie, la Suisse (2) ou la Belgique (3).

Observation digne d'être mise en valeur : sauf en

---

(1) M. Claudio Jannet déclare : « Actuellement il se vend plus de livres français que de livres espagnols dans les librairies de Mexico. »

« Au Brésil, dit M. Elisée Reclus, dans les bibliothè-

de petits groupes religieux protestants ou catholiques disséminés un peu partout la langue et la culture françaises ne rencontrent pas d'ennemis parmi les peuples qui ne sont pas nos concurrents directs (4). Elle s'implante et se développe par une puissance de sympathie qui lui est personnelle. La langue anglaise au contraire doit vaincre, chez les peuples qui ne sont pas unis à l'Angleterre par l'intimité de la même langue nationale, une froideur et une défiance qui s'expliquent bien mieux par l'opinion qu'imposent à tous l'égoïsme de la politique britannique et le caractère personnel des Anglais en voyage que par les qualités ou les défauts de la langue elle-même.

---

ques publiques, les neuf dixièmes des livres scientifiques sont en français. »

(2) En Suisse, dit M. Novicow, la frontière linguistique se déplace constamment au bénéfice du français.

(3) Malgré beaucoup de bruit, les fureurs « flamingantes » ont trouvé dans le bon sens public des obstacles infranchissables. Il y aurait un chapitre particulier et fort intéressant à écrire sur les littératures étrangères d'expression française. La Belgique, le Canada et même la Roumanie et l'Orient ont leurs poètes et leurs prosateurs qui pensent et qui écrivent en français.

(4) Notons ici un cas exceptionnel et bien curieux : au Canada les Anglais sont des partisans résolus de la langue française. Ils y trouvent leur intérêt. La différence des langues maintient en effet au Canada une personnalité particulière et le défend contre les envahissements des Etats-Unis.

La langue allemande doit vaincre bien pis que de la froideur. C'est par haine des Allemands qu'on aime, en bien des pays, la langue et la culture françaises. Ainsi en est-il notamment au Danemark, en Norvège, en Suède, en Bohême, et même en Hongrie malgré la proximité de Vienne et les intérêts permanents qui lient les Magyars aux Autrichiens de langue allemande.

Et je ne parle pas de l'Alsace.

Il se peut que la faveur évidente dont notre langue et notre littérature sont l'objet en Hollande soit causée en bonne partie par la crainte — bien naturelle — que font éprouver à tous les esprits clairvoyants les ambitions allemandes (1) et la nécessité où se trouve l'Empire d'acquérir des côtes et de s'annexer des populations maritimes. Ce sentiment stimulera aussi la résistance des Belges aux

(1) La tradition française est en Hollande très ancienne. On se rappelle le rôle qu'y jouèrent nos émigrés. Au Luxembourg les convoitises allemandes ont déterminé dans le monde officiel une réaction contre l'influence allemande. Le grand-duc qui vient de mourir a voulu que sa fille fût élevée par des professeurs français et dans les idées françaises. Elle vient de succéder à son père. Peut-être son gouvernement se montrera-t-il d'autant plus favorable à notre langue et à notre culture — notamment dans les programmes des écoles officielles — qu'il se sentira plus menacé par les ambitions allemandes.

« idées » que tâchent de leur imposer les Allemands d'Anvers.

C'est par haine des Slaves que la Roumanie s'est éprise, par un sursaut énergique du sentiment national, de la langue et de la culture françaises. La Reine de Roumanie a favorisé ce mouvement par tous les moyens en son pouvoir. Dans les salons d'Iassy et de Bucarest (1), dans les magasins et même dans la vie courante on parle français autant que roumain. Et c'est encore à cause de leur ressentiment pour les peuples qui les oppriment que les Polonais cultivés font à la langue et à la littérature françaises un accueil affectueux.

Nos auteurs dramatiques et nos comédiens ne sont pas les seuls apôtres de la langue française que Rome, New-York, Saint-Pétersbourg et Bruxelles accueillent avec une faveur évidente. Dans chacune de ces capitales des sociétés se sont formées (avec

---

(1) En été, à la promenade de cinq heures, dans les cafés, sur les terrasses, dans les cercles et même dans la foule on entend couramment les Roumains se servir de la langue française. Cet usage remonte à une tradition établie au XVIIIe siècle. Nos émigrés avaient à Bucarest un journal rédigé en français qu'ils avaient appelé « le Courrier de Londres ».

En Serbie l'avènement du Roi Pierre Ier, ancien élève de notre Ecole de St-Cyr, n'a fait que donner un stimulant nouveau à des sympathies très anciennes. En Bulgarie notre langue fait des progrès importants.

des ramifications dans les cercles privés des villes moins importantes) pour inviter des conférenciers de Paris à venir donner des résumés du dernier mouvement littéraire et comme le raccourci des théories et des idées nouvelles. C'est ainsi que M. Brunetière s'en est allé à Rome développer sa théorie sur Bossuet, MM. Gaston Deschamps, Doumic et Hugues Le Roux en Amérique, aux Universités d'Harvard, de Yale et de Columbia, que des dizaines de lettrés partent chaque hiver de Paris pour New-York, Amsterdam ou Christiania et que pour mon humble part, j'ai parcouru la plus grande partie de l'Europe et du bassin de la Méditerranée en trouvant partout un public lettré ami de la France et admirateur compétent de notre littérature.

Si brillant, cependant, que soit encore le prestige de notre langue, de notre littérature et de nos façons de penser, combien plus splendide encore apparaît ce rayonnement lorsque nous nous reportons aux siècles qui ont précédé le nôtre! En 1783, l'Académie de Berlin proposait comme thème de son grand concours international un sujet de nature à flatter notre orgueil: « Des causes de l'universalité de la langue française. » Et Rivarol (1), qui concourut

(1) Je signale ici les emprunts que j'ai faits à l'histoire de notre langue au XVIIIe siècle par M. Brunot (collection Petit de Julleville), aux œuvres de Rivarol, à la

et qui obtint le prix, pouvait avec une juste fierté commencer son discours en ces termes :

« Une telle question, proposée sur la langue latine, aurait flatté l'orgueil des Romains et leur histoire l'eût consacrée comme une de ses belles époques : jamais, en effet, pareil hommage ne fut rendu à un peuple plus poli par une nation plus éclairée. Le temps semble être venu de dire *le monde français*, comme autrefois *le monde romain*. »

Si flatteuses pour notre amour-propre national que fussent ces paroles elles correspondaient à la stricte réalité. On oublie trop, surtout en France où ces souvenirs devraient pourtant nous être chers puisqu'ils font partie de notre patrimoine de gloire et qu'ils sont le gage de leur perpétuelle renaissance, on oublie trop quelle est l'histoire merveilleuse de notre littérature à l'étranger.

Dès l'année 1563, un Gantois, Gérard du Vivier, établit à Cologne une école publique officielle de langue française qui paraît avoir été des plus fréquentées, et à peine la guerre de Trente Ans était-elle terminée que commença le grand mouvement intellectuel qui porta de l'ouest à l'est toute la culture intellectuelle française.

---

langue française dans le monde (éd. de l'Alliance française) et, pour certaines notes récentes, au livre de M. Novicow : *L'Expansion de la Nationalité Française*.

Les intermédiaires de ce mouvement furent l'aristocratie, les princes et les bourgeois influents. En Saxe, rien ne se faisait qu'à la française. Leipzig méritait d'être appelé un petit Paris, et, en 1760, à Dresde, une troupe française jouait en français notre Racine, notre Corneille et notre Molière.

Frédéric le Grand, qui fut le véritable fondateur de l'Etat prussien et qui, par la gloire des armes et l'habileté de l'administration, donna à la Prusse un essor qui ne s'est encore brisé contre aucun obstacle, avait été élevé par un précepteur français, le protestant Dunan. Convaincu que la langue française était appelée à régir le monde et n'ayant que dédain pour sa langue natale, il entreprit de substituer le français au prussien, il imposa l'usage de notre langue à la cour, à la ville, aux tribunaux et aux administrations publiques, il subventionna les journaux imprimés en français, il organisa des représentations théâtrales françaises, qui devaient donner le ton à la bonne société. Wieland, Herder et Gœthe (1), élevés au temps de Frédéric, reconnaissaient devoir à la langue et aux livres français une grande partie de leur éducation intellectuelle. De Berlin ou de

(1) Gœthe exprimait un jour à Eckermann le regret de n'avoir pas suffisamment montré dans ses *Mémoires* tout ce que son génie a dû à la culture française.

Potsdam Frédéric appela Voltaire à sa cour et il aurait voulu que tous les encyclopédistes vécussent auprès de lui. Il écrivit en français ses mémoires, son art de la guerre et de nombreuses poésies. Sa correspondance — si curieuse — atteste qu'il connaissait notre langue jusque dans ses moindres subtilités. Aujourd'hui encore la résidence royale de Potsdam nous donne l'impression d'une petite enclave française. Le château a été construit et les jardins ont été dessinés sur des plans français du XVIIIe siècle. On y retrouve des réminiscences évidentes de Versailles. Dans les constructions certaines pièces sont demeurées à peu près intactes. Les œuvres d'art sont françaises. La bibliothèque n'est composée que de livres français. On ne peut pas trouver un lieu de démonstration qui soit plus persuasif si l'on veut rappeler aux Allemands les services que leur Frédéric le Grand et par conséquent leur pays ont reçus de la langue et de l'esprit français.

Pour avoir été moins absolue l'influence de la grande Catherine à Saint-Pétersbourg ne fut ni moins énergique, ni moins efficace.

Catherine II avait été élevée par une réfugiée protestante, Mme Gardel. Elle voulut qu'une partie de l'élite de la jeunesse russe vînt à Paris compléter son éducation et elle fit construire pour ces jeunes gens une chapelle orthodoxe.

Elle organisa aussi à la française l'éducation des femmes russes. L'Institut Smolny (1), où étaient élevées 480 jeunes filles nobles des meilleures familles, fut placé sous la direction d'une Française, Mlle Lafond. Bien qu'elle crut devoir fonder aussi une académie d'écrivains russes, l'impératrice ne cessa de se tenir perpétuellement en contact par sa correspondance avec nos philosophes les plus illustres. C'est à Diderot, qui sans doute lui avait conseillé de mettre mieux en pratique les maximes de l'*Encyclopédie*, qu'elle répondait si finement :

« Il y a entre nous une différence : c'est que vous travaillez sur des livres qui souffrent tout, tandis que j'opère sur de la chair vivante, plus délicate et plus chatouilleuse. »

En Italie, grâce à la domination des Bourbons à Naples et à Parme, la langue française s'établit et non seulement dans les villes gouvernées par les Français mais en Piémont et dans tous les petits Etats. Suivant de Brosses, les dames de Bologne parlaient français couramment et citaient Racine. A Rome, dit Voltaire, non seulement le pape Benoît XIV, mais tous les cardinaux écrivaient le français comme à Versailles. En 1787, une troupe française, dirigée par Delorme et réduite à ses seules

(1) Qui garde aujourd'hui encore la plus grande partie de sa vieille organisation.

ressources, joue et prospère à Naples. Goldoni et Casanova écrivent en français une partie de leurs ouvrages, et l'obsession de notre langue est telle qu'Alfieri nous déclare que, pour continuer à écrire en italien, il doit s'imposer de parler toscan et s'interdire toute lecture française parce que sa pensée prenait si naturellement le tour et l'expression française qu'« il se traduisait » pour écrire en italien.

En Espagne le développement de notre langue ne fut guère moins brillant, avec cette réserve pourtant que, jusqu'à l'établissement de la dynastie française à Madrid, c'est nous qui apprîmes l'espagnol. Cependant, dès le début du XVIIIe siècle, tout change. La monarchie espagnole est en pleine décadence. Le mouvement littéraire suit la même dégression. La France, au contraire, est parvenue à son apogée. Tout concourait à notre prestige : le succès de nos armes, le talent de nos artistes, le génie de nos écrivains et l'éclat de notre civilisation, plus aimable et plus affinée qu'aucune autre. Dès l'établissement de la dynastie française à Madrid on se mit à parler français à la cour et dans les salons. La princesse des Ursins, imitée bientôt par d'autres grandes dames, organisa chez elle des représentations théâtrales en langue française et le prestige de notre littérature dramatique, de nos livres et de nos façons de penser devint et demeura évident dans tous les milieux intellectuels de la Péninsule.

L'Angleterre a toujours été plus rebelle que les autres pays à l'établissement de notre influence. C'est une observation que faisait déjà l'un de nos vieux chroniqueurs, qui, philosophe perpicace doublé d'un homme d'esprit, résuma en quatre lignes une assez bonne histoire de l'Europe le jour où il écrivit :

« Il n'est chose dans le monde dont Dieu n'ait créé le contraire. C'est pourquoi, ayant fait la France, il fit l'Angleterre voisine. »

Donc notre langue n'a eu en Angleterre qu'une assez courte période de vif éclat. Rappelons-nous cependant que le français entra pour une part importante dans la formation de la langue anglo-saxonne (1), que les mots, les expressions et les tournures françaises s'y retrouvent à chaque instant et que le français fut longtemps en Grande-Bretagne une langue officielle. Pendant la Guerre de Cent Ans, le prince Noir parlait français. C'est seulement au XVIIe siècle que notre langue fut exclue des tribunaux. Notre reine Henriette de France présenta à la Cour de Charles Ier toute une escorte de Français nobles et élégants que chacun s'efforça

(1) Aujourd'hui encore l'étude du vieux français occupe dans les Universités anglaises une place très importante à cause des concordances philologiques de mieux en mieux élucidées entre le français du Moyen Age et l'anglais classique.

d'imiter, et lorsque, après la révolution de Cromwell, toute la cour anglaise vint se réfugier au Louvre, elle s'imprégna si bien de la langue et des habitudes françaises (1) que, lorsqu'elle retourna à Londres, en 1660, une réaction violente se produisit contre les franciseurs. Swift protesta vigoureusement contre la manie gallophile, et la satire en vers, la comédie burlesque, les plaisanteries populaires parvinrent à remettre en honneur la langue nationale.

La réaction qui se produisit en Angleterre devait fatalement se produire dans tous les pays où s'élaboraient lentement, non sans confusion, mais avec un sûr instinct de l'avenir, les aspirations nationales.

En Allemagne ce fut Lessing qui mena la campagne en faveur de l'allemand bien qu'il dût une grande partie de son éducation intellectuelle à Bayle, à Diderot et à Voltaire. Il s'attaqua vigoureusement à Gottsched qui avait fondé l'école de l'imitation française et il le discrédita. Mais notre littérature avait conquis l'Allemagne. Des philosophes comme Fichte et Emmanuel Kant avouaient devoir à Rousseau une partie de leur vision de l'univers et il en était de même pour la plupart de ceux qui écrivaient ou pensaient en allemand. C'est par Rous-

(1) Saint-Evremond, vivant en Angleterre, ne souffrit jamais de ne pas savoir l'anglais.

seau et par nos Encyclopédistes que pénétrèrent en Allemagne les idées libérales et que se développèrent cet esprit d'indépendance, cette haine du despotisme, ce dégoût des privilèges qui prépara la grandeur actuelle de l'Empire.

L'Italie fut le seul pays, où les « franciseurs », essayèrent de justifier théoriquement, méthodiquement, les emprunts qui truffaient pour ainsi dire les dialectes italiens, mais leur nombre et leur influence étaient destinés à diminuer progressivement.

En Espagne, la réaction fut si violente en faveur de l'idiome et de la littérature nationale qu'un Jésuite — savant d'ailleurs — le Père Isla osa appeler la manie de parler français « le mal français », et que Villaroël écrivit au premier ministre de Ferdinand VI pour lui dire que la domination de la langue française en préparait une autre, plus absolue et plus redoutable.

Chaque peuple, désormais, voulait se replier sur lui-même et se constituer un patrimoine particulier.

Des raisons politiques contribuaient aussi à cette réaction, qui se perpétue encore de nos jours. Les grands Etats européens ambitionnent aujourd'hui la suprématie dont la France eut si longtemps le privilège, et dans l'univers entier les grandes nations d'Occident cherchent à établir leur ascendant intellectuel et se font une concurrence méthodique dont l'Amérique elle-même, en ce moment, par ses douanes artistiques et par la protection qu'elle accorde à sa littérature et à son théâtre national, nous offre des symptômes caractéristiques. C'est pourquoi aussi une association s'est fondée à Paris, en 1884, sous le nom d' « Alliance française », dont le but est de maintenir vis-à-vis des autres nations d'Europe le prestige et l'influence de la langue française. Les moyens d'action de cette Société sont simples et efficaces. Elle crée ou subventionne dans le monde entier des écoles où l'on enseigne le français. Elle envoie des livres, des médailles ou des prix à tous les groupes qui s'occupent de l'enseignement de notre langue. Elle fonde des bibliothèques. Elle vient en aide aux professeurs. Elle se tient au courant de tout ce qui peut être de nature à développer notre influence. Dans les seuls pays d'Orient le conseil d'administration de l' « Alliance française », distribue aux écoles, soit en subventions annuelles, soit en prix, en médailles ou en livres, soixante-dix mille ou quatre-vingt mille francs. Ces fonds proviennent certes, pour la plus grande partie, de souscriptions françaises ; mais, dans les pays d'Orient, une partie nous en vient aussi de ceux-là mêmes chez qui notre langue est établie.

Des Grecs des îles ou de la côte d'Asie, des Israélites, des sujets Ottomans de races diverses, des

Turcs ont fait un raisonnement analogue à celui que firent jadis la grande Catherine et Frédéric de Prusse. Comprenant que le turc ni l'arabe ne se prêtent à l'expression de la pensée moderne et qu'il faut une langue européenne comme intermédiaire entre la civilisation nouvelle et celle du passé, ils se sont décidés pour notre langue, de préférence aux autres, et ils en soutiennent la propagation.

Je voudrais maintenant rappeler en peu de mots quelles sont les raisons profondes qui ont contribué peu à peu à la formation et au développement du prestige de la langue française à l'étranger.

Ce rôle glorieux d'initiatrice ne fut dévolu ni à la langue anglaise, ni à la langue allemande, parce que, pendant longtemps, elles n'en eurent même pas l'ambition.

La lutte pour la suprématie se trouva très tôt circonscrite entre les trois langues romanes. Isolée dans son île, où le ciel ni les habitants n'attirent l'étranger, l'Angleterre était mal placée pour imposer sa langue. Elle n'en avait d'ailleurs aucun désir. J'ai rappelé que, depuis la conquête de Guillaume jusqu'au règne d'Edouard III, les princes, la cour et les tribunaux parlèrent français. En fait, l'anglo-saxon méprisé était abandonné au peuple sans éducation. Il faut se rappeler aussi que la gloire de Shakespeare et de Newton est une gloire assez récente. Leur réputation sommeilla longuement, et ce ne fut guère qu'au XVIII siècle qu'on leur rendit enfin justice dans leur pays.

Le latin écrasait l'allemand. Pas un lettré qui ne s'exprimât dans cette langue. Au XVIe siècle, il n'y avait encore en langue tudesque aucun mouvement littéraire qui fût de nature à compenser pour un étranger la fatigue que lui aurait donnée l'étude de cette langue difficile. L'Empire, d'ailleurs, joua longtemps un rôle inégal à son étendue et à sa population. Et quand enfin la maison d'Autriche fit craindre à l'Europe la monarchie universelle, ce ne fut pas l'allemand qui bénéficia de cette prospérité, parce que Charles-Quint, plus attaché à son Espagne héréditaire qu'à un empire où son fils ne pouvait prétendre, fit rejaillir sur l'espagnol tout l'éclat de sa puissance (1).

Une raison générale, d'ailleurs, déterminera notre conviction sur ce point particulier de l'histoire des langues en Europe, et je l'indique d'autant plus volontiers qu'elle subsiste encore dans toute sa force.

Depuis la conquête romaine, les cerveaux étaient faits au latin. Tous les dialectes particuliers avaient cédé devant son autocratie. Il était devenu la langue de l'Eglise et du droit. A mesure que le christianisme étendait son empire, le latin s'imposait davantage.

---

(1) Cf. Rivarol.

Pendant le moyen âge, il fut l'intermédiaire de toutes les productions de l'esprit. Et lorsque, au XVIe siècle, le grand mouvement de la Renaissance nous ouvrit à nouveau les trésors de l'antiquité enfouis depuis des siècles dans les profondeurs du sol ou dans la poudre des manuscrits, ce fut encore le latin qui bénéficia de cette résurrection de l'esprit humain.

Les peuples du Nord inclinaient donc naturellement à user d'une langue romane. Ils l'apprenaient facilement et y retrouvaient volontiers des mots et des expressions qui déjà leur étaient familiers. Rien, au contraire, n'incitait les peuples du Midi à remonter aux idiomes septentrionaux, et la difficulté de s'assimiler une langue tout à fait nouvelle les eût sans doute rebutés, même s'ils en avaient senti l'utilité.

Mais, entre les trois langues romanes, pourquoi ne fut-ce ni l'italien, ni l'espagnol, qui parvint à imposer son empire?

Certes, il y eut un moment dans l'histoire où l'on put croire que ce rôle glorieux serait dévolu à l'Espagne. Fière de ses conquistadors et riche de tous les galions arrivés d'Amérique, rehaussée par les malheurs de François Ier et fortifiée encore par les troubles intérieurs de la France, il semblait que rien ne pût lui résister. La littérature dramatique espagnole précéda la nôtre et fut l'objet d'une admiration unanime. Nos Corneille empruntèrent à ce théâtre les modèles de leurs conceptions dramatiques. Mais cette grandeur fut de courte durée, et la France qui poursuivit si patiemment et si énergiquement l'abaissement de la Maison d'Autriche bénéficia des humiliations qu'elle imposa à son orgueilleuse ennemie. Les Calderon et les Lope de Vega, imités d'abord par nos auteurs dramatiques furent bientôt dépassés par eux et la grandeur politique de la France concordant avec la plus belle époque de notre histoire littéraire attira et captiva l'attention de toute l'Europe.

L'Italie, un moment, parut marquée par les destins pour ce rôle d'éducatrice universelle.

Centre du monde depuis tant de siècles, elle avait accoutumé l'Europe à son empire et à ses lois. Les Césars n'y commandaient plus mais l'autorité du pape faisait encore se tourner vers Rome tous les regards de l'Occident. Toutes les grandes routes praticables — pour la plupart anciennes voies romaines — conduisaient vers cette capitale du dogme universel. Elle attirait les vœux et l'argent de tous les peuples (1). Elle était la lumière spirituelle des consciences.

Or il arriva en Italie ce qui était arrivé en Alle-

(1) Cf. Rivarol.

magne. Le latin écrasa la langue populaire. Le pape et l'Eglise ne parlaient que latin. Le toscan était méprisé. Le Dante hésita longtemps entre le toscan et le latin. On dit même qu'il commença d'écrire en latin sa *Divine Comédie*. Pétrarque et Boccace écrivirent en latin une partie de leurs ouvrages tant il leur paraissait que seul il eût promesse d'éternité. Ils ne se sont trompés que grâce à leur génie, ils furent les fondateurs de leur langue nationale.

Mais pourquoi leurs œuvres prestigieuses n'assurèrent-elles pas à l'italien l'empire moral universel ? Commerce maritime, flottes de guerre, prestige universel de la Cour des Médicis, abondance et magnificence d'œuvres littéraires, de peintures, de sculptures et d'architectures, tout semblait conspirer à lui offrir l'hégémonie de la langue et de la culture.

Pourquoi donc ne fut-ce pas à l'Italie qu'échut la tâche glorieuse d'être l'intermédiaire de toutes les idées ?

Pour répondre à cette question il faut d'abord poser en principe que des lois supérieures et mystérieuses président à la grandeur et à la décadence des empires. Dans tous les problèmes historiques il y a une part d'inconnu.

Cette réserve faite, une constatation qui s'impose à l'esprit, c'est que cet admirable mouvement artistique eut l'inconvénient de ne pas se prolonger jusqu'au moment propice. En Italie, la décadence littéraire et artistique fut rapide. Des quatorze dialectes principaux qui étaient en usage aucun ne s'imposait à l'attention de l'Europe.

Dès la fin du XVIIe siècle, au contraire, la France offrait le spectacle majestueux d'une vaste nation organisée au point de vue civil comme au point de vue militaire. Première entre toutes les nations elle avait réalisé son unité définitive, et sa langue, désormais sauvegardée contre le latin et les dialectes particuliers, était honorée par les écrivains les plus illustres (1).

Quand les premiers Capétiens, demi-barons et demi-brigands, faisaient baisser le pont-levis de leur donjon et s'avançaient à cheval, bardés de fer, entourés de leurs compagnons d'armes sous la herse aux pointes aiguës qui défendait l'entrée, pour s'en aller joyeusement réduire à leur merci quelqu'un de leurs voisins, ils ne pouvaient savoir pour quels vastes desseins servirait le succès de leurs armes, et Bossuet, considérant d'un regard prophétique la suite de l'histoire de France, à plus juste titre encore

(1) Louis XII et François Ier ordonnèrent qu'on ne traiterait plus les affaires qu'en français. Les séminaires et les facultés demeurèrent seuls fidèles à la langue latine.

qu'en étudiant l'histoire du peuple de Dieu, aurait pu y voir l'accomplissement méthodique des desseins de la Providence (1).

Autour de ces premiers Capétiens se forment, s'agglutinent, s'agrègent indestructiblement les premiers éléments de la nationalité française. A mesure que se forme l'unité politique se fixe aussi notre idiome littéraire. Notre langue, en 1260, paraît déjà si belle à Brunetto Latini, précepteur de Dante, qu'il écrivit en français son beau livre *Tesoretto* et inscrivit dans sa préface :

« Et si l'on nous demande pourquoi nous avons écrit ce livre en français, puisque nous sommes Italiens, nous répondrons que c'est pour deux raisons : d'abord parce que nous sommes en France, ensuite parce que la langue française est plus générale et plus délectable que les autres. »

De cette suprématie jadis incontestée la France a donc été redevable à cet obscur instinct de cohésion qui, bien avant que le même phénomène se produisît parmi les autres peuples, fit adopter le français par

---

(1) Taine nous a montré « l'esprit classique » c'est-à-dire l'esprit d'ordre et de continuité dans l'Histoire de France. Dans son livre « l'Europe et la Révolution française », Albert Sorel s'est attaché à prouver que les Jacobins autoritaires avaient été les héritiers directs de Philippe-le-Bel, de Louis XI, de Louis XIV. La « République une et indivisible » poursuivait le dessein royal.

la Cour, la haute société et les bons écrivains, de préférence au latin et à toutes les autres langues. Elle en a été redevable aussi à l'instinct politique qui lui a fait réaliser son unité, tandis que les autres nations de l'Europe se débattaient encore dans l'infini morcellement des petits Etats perpétuellement en lutte les uns avec les autres. Elle en a été redevable enfin au prestige de Louis XIV. Car les peuples admirent toujours ceux qui les ont vaincus. Versailles attira tous les regards. La vie de société dans les châteaux du roi, la politesse raffinée, la galanterie, l'élégance dans les demeures, dans les habits et dans les manières, le goût de l'ordre, de l'harmonie et de la mesure en toute chose nous placèrent au premier rang dans l'imagination des princes et des peuples. Et comme les grands mouvements ont de lointains prolongements, ce fut au XVIIIe siècle que nous retirâmes de cette admiration unanime des peuples les bénéfices moraux les plus précieux.

Mais une autre raison de cette expansion de la littérature française, moins apparente peut-être, quoique plus profonde et plus durable, a été que nos écrivains, dès le principe, furent des éducateurs. C'est dans nos livres que l'Europe apprenait à penser.

La caractéristique générale de notre littérature entière, considérée d'un coup d'œil dans sa suite harmonieuse, c'est d'avoir été dans son ensemble humanitaire. Et cette caractéristique lui est commune avec notre politique héréditaire. La tendance altruiste dont s'honorent aujourd'hui tous les peuples qui ont une littérature digne de ce nom, c'est nous qui en avons donné le modèle, et on la retrouve au plus profond de nos traditions littéraires.

Etudiant notre littérature classique dans un article remarquable, M. Brunetière a établi que la tendance générale de nos grands écrivains au XVIIe siècle avait été de ne considérer la nature et l'histoire « qu'en fonction de l'homme », l'homme lui-même « qu'en fonction de la société » et la société elle-même « qu'en fonction de l'humanité ». La démonstration était facile en prenant pour exemple l'œuvre si largement humaine de Molière, il en est de même, et c'est trop évident, pour la satire de Boileau, de même encore pour la fable si fine, si intelligente et si instructive de La Fontaine. Pour Bossuet ou pour Pascal l'idée d'un service à rendre à la société ne se séparait pas de la définition ou de la notion même de l'art d'écrire. On a dit à juste titre que le théâtre de Corneille était une école de vertu et celui de Racine une école de tendresse.

Mais si cette démonstration est solide quand il s'agit des écrivains du XVIIe siècle, combien ne s'impose-t-elle pas davantage quand il s'agit de notre littérature du XVIIIe siècle, qui fut vraiment, pour l'Europe, une école universelle. Voltaire n'improvise une tragédie ou un conte, *Mahomet* ou *Candide*, ni Montesquieu ne médite un chapitre de son *Esprit des Lois*, ni Rousseau ne compose un *Discours*, ni Diderot ne fait graver une planche de l'*Encyclopédie*, sans l'intention précise de conformer à un idéal plus humain la société de l'avenir (1). Lorsque ces esprits novateurs font le procès de la société telle qu'elle était alors constituée, c'est pour s'acquitter d'un devoir social. Ils ont en vue le progrès de la Raison, souvent même de la Raison abstraite et impersonnelle. Ils travaillent à l'amélioration de l'Homme et de la Société.

Ne pouvons-nous retrouver quelques-uns de ces traits de caractère parmi les œuvres les plus importantes de nos écrivains modernes ?

Lorsque Dumas écrit ses comédies à thèse, lorsque Emile Augier fait jouer les *Effrontés* ou *le Fils de Giboyer*, lorsque Becque fait représenter ses *Corbeaux*, Octave Mirbeau ses *Mauvais Bergers* ou sa comédie de caractères, les *Affaires sont les affaires*,

(1) On a pu leur reprocher non sans quelque apparence de raison d'avoir été « citoyens de l'univers » plutôt que des Français. Ils ont désiré et prophétisé l'avènement des Etats-Unis d'Europe.

Cf. *Etudes critiques sur l'Histoire de la littérature française*, par Ferdinand Brunetière.

M. de Curel, *la Part du Lion*, MM. Descaves et Donnay, *la Clairière*, M. Hervieu, *les Tenailles* et M. Brieux ses études sociales, indépendamment de la valeur particulière de chaque pièce et surtout indépendamment de la valeur sociale des idées qui y sont développées et qui peuvent paraître des plus discutables, au-dessus des querelles d'école et de la distinction entre le théâtre d'idées, le théâtre réaliste, et le théâtre d'imagination, ne sentez-vous pas se perpétuer, latente ou indéniable, la même caractéristique ? Fût-ce à leur insu, ces écrivains se préoccupent des moyens d'augmenter pour chacun la part légitime de bonheur. Ils cherchent à contribuer à la réalisation d'un idéal plus humain. Et ils ajoutent à ces recherches l'attrait d'une expression littéraire artiste et universelle.

Voilà l'une des constatations qui peuvent nous donner confiance, car vous pensez bien, comme l'a fait remarquer M. Brunetière, que les Anglais n'ont jamais poussé l'aménité jusqu'à préférer Descartes à Bacon, ni Molière à Shakespeare. Il est aussi évident que les Italiens n'ont jamais espéré trouver dans Racine, par exemple, ou dans la Fontaine, qui comptent parmi les plus grands artistes de notre langue, des sensations d'art plus vives que dans l'Arioste ou Pétrarque. Les Espagnols n'avaient aucune raison de venir chercher chez nous des leçons d'honneur chevaleresque quand il les trouvaient à profusion dans Calderon ou Lope de Vega ; et que de grands noms encore je pourrais citer : Dante, Gœthe ou Byron, dont nous n'avons même pas l'équivalent dans notre histoire littéraire ! Pourquoi donc la société polie de chaque peuple a-t-elle adopté notre langue et notre littérature ? Pourquoi les uns après les autres en ont-ils si longtemps maintenu l'empire incontesté ? Qu'y cherchaient-ils donc, qu'y trouvent aujourd'hui encore ceux qui nous demeurent fidèles ? Quelles qualités les peuples neufs — ceux qui s'éveillent à la vie intellectuelle — peuvent-ils acquérir en étudiant notre langue et notre littérature, sinon ce goût de la recherche désintéressée, cette simplicité d'exposition, cette méthode rationnelle, cette force éducatrice, cette discipline d'esprit, cette culture générale, cette préparation à la vie de société qui sont précisément ce qu'on appelle l'*éducation*, et qui constituent exactement les avantages que nous allons nous-mêmes chercher dans la fréquentation des littératures anciennes, grecque ou latine.

Voilà l'une des raisons qui expliquent la bienveillance qu'on témoigne à Madrid, à Vienne, à Berlin ou à Athènes, aux œuvres de nos écrivains. Or, si la démonstration subsiste quand il s'agit de nos auteurs dramatiques les plus importants, la thèse devient irréfutable si on la démontre en prenant pour exemple nos grands poètes nationaux. Tous les amoureux de l'Europe ont lu Musset avec émotion, le chantre d'Elvire, Lamartine, a fait pleurer toutes les femmes, Hugo, en présentant son œuvre, semble offrir en même temps la Bible de l'humanité. Et personne, je suppose, ne me fera l'injure de croire que j'ignore ou je méconnaisse la magnificence panthéiste de Gœthe, le tendre génie de Schiller, la puissance formidable de Shakespeare, le lyrisme de Byron, l'envol sublime de Dante et tant d'autres noms de héros que je pourrais énumérer. Mais je crois qu'il est vrai de dire que le génie des écrivains, dans le reste de l'Europe, se présente en général comme le développement, d'ailleurs magnifique, d'un individu, d'une personnalité supérieure, mais qu'il n'est pas de littérature au monde qui présente, d'une extrémité à l'autre de sa tradition, une telle continuité dans une préoccupation unique : donner aux idées et aux sentiments une expression universelle (1).

---

(1) Le propre de la culture française a toujours été de former « l'Honnête Homme » c'est-à-dire le lettré de bonne éducation. « L'Honnête Homme » est devenu un type européen. L'un des buts de l'Education est d'enseigner aux hommes « l'art de vivre ».

Je n'ai pas cru devoir suivre les écrivains qui ont traité le même sujet dans leur dicussion sur les mérites comparés des diverses langues notamment du point de vue de la clarté, ou du plus ou moins de difficulté qu'offre

Tel a été de tout temps notre rôle. Aujourd'hui encore malgré que l'empire de notre langue paraisse avoir diminué (1) au bénéfice de peuples plus jeunes et qui réclament à juste titre leur place légitime dans le monde il n'est pas d'écrivain étranger, illustre ou non dans son pays, qui n'ambitionne d'obtenir à Paris la consécration de son talent.

Malgré tous les nationalismes, il y a un esprit européen — l'uniformité grandissante des costumes et des mœurs n'en sont que les signes visibles — et c'est en France qu'il se forme. Paris est demeuré le cerveau du genre humain, de même qu'il est demeuré pour toutes les nationalités opprimées la lumière vers laquelle ceux qui rêvent de liberté aiment à tourner les yeux (2).

Nous sommes les arbitres bienveillants des réputations étrangères. On consent à reconnaître que

---

la syntaxe, du mode de construction de la phrase, ou de la simplicité relative de l'orthographe. Ces avantages ou ces défauts ne me semblent pas de nature à déterminer le choix des nations ni des particuliers. Les complications de l'arabe n'ont pas empêché cette langue de se répandre dans tout le monde oriental.

(1) Il n'a pas diminué, mais au contraire augmenté. Il ne paraît avoir diminué que par comparaison avec les progrès des autres langues.

(2) Nous sommes d'ailleurs d'autant mieux préparés à ce rôle d'intermédiaires que des colonies étrangères

nous avons, comme le voulait Renan, la tête conformée de manière à comprendre plusieurs ordres de beauté.

Ai-je besoin de répondre à une objection faite à satiété et que connaissent bien tous ceux qui ont voyagé à l'étranger? Nos concurrents et nos ennemis voudraient représenter la littérature anglaise comme le type de la littérature de famille et disent la littérature française d'une lecture dangereuse.

---

importantes et nombreuses tiennent constamment les Parisiens au courant des livres et des œuvres qui se produisent en leur pays.

Paris est curieux de toutes les manifestations littéraires de l'étranger. Il les accueille, il s'y intéresse avec une ardeur parfois peut-être exagérée et il n'est pas rare qu'il impose à l'admiration universelle des écrivains qui n'avaient cessé d'être méconnus dans leur propre pays. Ainsi en a-t-il été pour les écrivains du Roman Russe, pour Ibsen et les Scandinaves, pour Maeterlinck et les Belges, et même pour d'Annunzio dont la réputation en Italie ne fit que suivre lentement son triomphal succès parisien.

Pour les peintres, les statuaires, les architectes et, en général, pour tous les artistes européens, la consécration de Paris n'a pas cessé d'être indispensable. On les accueille d'ailleurs dans les milieux artistiques parisiens avec une telle sympathie que beaucoup ont préféré s'y fixer définitivement.

C'est à Paris que firent leur éducation politique les Russes, les Ottomans, les Japonais et même les Chinois qui s'efforcent maintenant de rajeunir et de renouveler les institutions politiques de leurs patries.

Je reconnais que les exemples — pour ceux qui cherchent à nous nuire — ne sont pas difficiles à trouver dans le roman dit « parisien ». Mais n'y a-t-il pas mauvaise foi et une certaine hypocrisie à ne vouloir juger toute notre littérature — la plus abondante du monde — que par une seule catégorie de livres et parmi un petit nombre d'auteurs qui d'ordinaire ne doivent leur succès qu'à la faveur des étrangers ?

La vérité c'est que notre littérature est si riche que chacun peut y trouver les ouvrages qui conviennent à son genre d'esprit (1). Ceux qui aiment à trouver chez nous de mauvais livres les trouveraient aussi dans les littératures anglaise et allemande. Ceux qui ne cherchent qu'à élever leur esprit et leur cœur trouvent chez nous le trésor de l'esprit humain.

---

(1) L'œuvre de Zola offrait jadis aux étrangers un argument dont nos ennemis se servaient sans modération. Il était bon de leur faire observer que la grossièreté rebutante de certaines descriptions d'Emile Zola se trouvait compensée dans chacun de ses romans par des qualités exceptionnelles de puissance et parfois de lyrisme. Le propre de la littérature immorale c'est de faire aimer le vice. Il n'y a pas un seul livre d'Emile Zola qui mérite ce reproche.

A quelque époque de notre littérature que l'on veuille se placer il est d'ailleurs toujours facile d'opposer à des auteurs contestés des œuvres aussi illustres et qui ne prêtent à aucun reproche.

Ce Paris tant calomnié mérite toutes les réputations puisqu'il contient — comme l'univers — tout le bien et tout le mal. Nulle part on ne s'amuse mieux. Osons dire que nulle part aussi on ne travaille davantage. Cette ville de tous les plaisirs est aussi la ville des écoles et des bibliothèques.

Dans ce vaste quartier de Paris, qu'on appelle Quartier Latin, tout est organisé pour l'étude et pour l'éducation intellectuelle des jeunes hommes. Six ou sept mille étudiants étrangers vivent confondus parmi les vingt mille étudiants français (1). Et qu'on ne dise pas qu'ils s'enferment dans leurs spécialités et qu'ils n'entrent pas dans les bibliothèques pour y lire Montesquieu, Victor Hugo ou Montaigne. Ils font mieux que de les lire, ils les respirent en se pro-

(1) Un document émanant de M. Steeg, alors rapporteur du budget de l'instruction publique, et cité par M. André Lichtenberger, mettait récemment en lumière des faits dont la valeur est incontestable. Il montrait le nombre des étudiants étrangers inscrits dans nos facultés montant de 1.770 inscrits en 1900 à 5.800 en 1910 et dépassant sans doute 10.000 dans la réalité. L'Autriche-Hongrie, qui nous en envoyait 31 en 1900, en envoie 133 en 1910 ; l'Allemagne passe de 71 à 363 ; les Etats-Unis de 67 à 123. Tandis que Berlin compte un chiffre stationnaire de 829 étrangers en 1901, de 820 en 1908, Paris passe de 3.307 à 3.326 et à 3.526. Nos facultés de province ont un développement relativement bien plus rapide. Nancy, Montpellier, Dijon, Grenoble attirent des colonies étrangères de plus en plus nombreuses et créent à leur usage des cours et des certificats spéciaux.

menant ! La fonction de Paris est de comprendre, de penser à nouveau et de disperser les idées. L'atmosphère y est saturée de civilisation. A chacune de nos grandes Expositions, parmi la multitude et la diversité des Congrès particuliers, il semble que se soit tenu pour l'univers entier le Concile universel de l'Intelligence.

Qui donc ose arguer encore de notre faiblesse militaire ou de notre décadence ? (1). Nous avons reconquis le droit de parler avec autorité dans les Conseils européens où se décident la guerre et la paix. A plusieurs reprises nous avons montré que nous n'avions pas peur de la guerre et l'unanimité populaire a soutenu ceux de nos gouvernants qui ont eu à défendre les intérêts ou l'honneur français (2).

---

(1) Aux arguments tirés de la Décadence latine l'Italie a répondu de façon péremptoire par son essor industriel, son crédit financier et le perfectionnement de son organisation militaire. Quant à l'argument tiré de notre faible natalité, il est d'une portée d'autant plus restreinte que la natalité décroît progressivement dans les groupes sociaux qui accèdent à une plus grande prospérité.

(2) En 1709, pendant le débat sur les droits de paix et de guerre, Volney propose l'article suivant : « La nation française s'interdit dès ce moment d'entreprendre aucune guerre tendant à accroître son territoire. »

Deux ans plus tard sur la proposition de La Réveillère Lépeaux, la Convention déclare que « tout peuple qui voudrait être libre trouverait en elle appui et fraternité ».

Mais nous n'avons été provocants pour personne et nous avons donné à tous l'impression que nous étions aussi résolus à respecter les droits et les intérêts légitimes des autres nations que nous étions fermement décidés à ne subir aucune humiliation.

Sans doute cette fermeté unie à cette modération a-t-elle contribué à nous mériter de la part des divers peuples d'Europe une sympathie dont nous sommes fiers. L'énergie dont nous avions fait preuve après les désastres de l'année terrible, la réorganisation rapide de notre armée, la prospérité presque constante de notre commerce et de notre industrie, ajoutez enfin la constitution lente et sûre d'un empire colonial qui est, après celui de l'Angletere, le plus grand et le plus riche du monde ont forcé le respect sinon l'admiration.

Le souvenir de nos défaites s'est atténué sinon effacé. Les succès militaires n'établissent que pour peu de temps le prestige d'un peuple vainqueur quand la supériorité des armes ne se double pas de la supériorité intellectuelle (1). Or, la France a mérité par des siècles de labeur continu et coordonné une gloire littéraire et artistique, un prestige intel-

(1) La toute petite Grèce a conquis l'Empire romain à cause de sa supériorité intellectuelle.

lectuel que ne peuvent donner à un jeune peuple les victoires les plus éclatantes. Si imposants qu'aient pu être les admirables efforts des savants allemands et de leurs littérateurs ils n'ont pu donner à leur langue le prestige qu'ont mérité à la nôtre une tradition de plusieurs siècles et une suite presque innombrable d'écrivains et de chefs-d'œuvre.

Peut-être aussi le peu d'efforts (1) que nous avons faits pour seconder des initiatives étrangères qui nous étaient si favorables ont-ils été d'autant plus efficaces qu'ils s'exerçaient avec plus de prudence et plus de discrétion.

Que proposons-nous aux peuples qui se trouvent dans la nécessité d'adopter l'une des quatre ou cinq langues qui se disputent le rôle de langue internationale ? Un outillage intellectuel complet, des méthodes d'éducation et des tendances intellectuelles.

A qui nous adressons-nous ? A la bonne compa-

---

(1) En maints pays notre langue et notre littérature n'ont acquis quelque influence que par la sympathie spontanée et le libre choix des individus ou des collectivités. Il arriva même que nos agents consulaires, soit par indifférence, soit par timidité, refusèrent de seconder les bonnes volontés locales qui voulaient s'organiser. Il faut croire que notre langue porte en elle-même sa puissance de propagande.

gnie (1). Et par quel moyen ? Par la douceur persuasive, la raison, le goût et le culte de la mesure, l'ordre dans les idées et la modération.

Pour armes de combat nous ne voulons que celles qui ont assuré autrefois le triomphe de la culture grecque. Une longue expérience démontre que les découvertes scientifiques (2), la littérature d'imagination, les livres de philosophie, les tableaux, les statues, les architectures, les pièces de théâtre, les industries de luxe, même les gentillesses de la mode et aussi le charme persuasif de la vie de société à

(1) Pour ce qui concerne les échanges commerciaux, la langue française le cède à l'anglais et peut-être à l'allemand. Mais le caractère utilitaire et purement commercial que donnent à ces deux langues la plupart de ceux qui les pratiquent hors des pays d'origine, permet à quelques-uns de croire que l'anglais et l'allemand seraient très menacés — en dehors de leur territoire — par le triomphe d'une langue internationale artificielle telle que l'esperanto. La langue française, au contraire, aurait toutes chances de demeurer ce qu'elle est : le complément d'une bonne éducation.

(2) Ceux qui parlent volontiers de la « légèreté française » omettent trop facilement que la chimie a été renouvelée par notre Lavoisier, la physique par Ampère et Arago, la théorie de la mécanique céleste par Laplace, sans compter les Chevreul, Berthelot et Pasteur. Champollion en Egypte, Burnouf aux Indes ont été des précurseurs. De nos jours toutes les grandes découvertes font honneur au génie français.

Paris et dans les provinces sont des agents de propagande plus sûrs que des armées en marche.

La grande leçon que donne notre race et qui nous fait aimer dans le monde autant que l'on déteste les Allemands et, parfois, les Anglo-Saxons dont les ambitions paraissent redoutables est une leçon de politesse, de douceur et de générosité. Pour celui qui voit les choses de près et qui ne se hausse pas jusqu'à la vision de l'ensemble, il peut y avoir dans la vie d'un peuple comme le nôtre des contradictions apparentes, des heurts, des inconnues ou des énigmes ; aux yeux de celui qui les voit de plus loin, tout se mêle et se combine de soi-même vers une résultante générale qui représente pour chaque peuple un idéal commun. Les mêmes caractéristiques que j'essayais de vous montrer tout à l'heure — trop rapidement, hélas ! — dans l'histoire de nos lettres françaises, les étrangers qui nous aiment se plaisent à les retrouver dans toutes les manifestations de notre vie publique ; n'avons-nous pas assez souffert de la généreuse folie qui nous pousse à résoudre toujours les premiers — fût-ce au prix d'une Révolution — tous les problèmes sociaux ? Vous les retrouverez encore dans notre politique héréditaire.

De même que lorsque nos armées jouaient en Europe un rôle prépondérant, nos sentiments humanitaires nous poussaient, pendant la grande Révolution, à faire à tous les peuples le don de liberté en même que nous-mêmes en saluions l'aurore, de même que notre La Fayette a mérité des Américains devenus libres une reconnaissance qui se manifestait encore, il y a peu de temps, par l'érection, sur l'une de nos places publiques, d'une statue offerte par la colonie des femmes d'Amérique, de même qu'en 1820, l'opinion publique unanime a forcé notre gouvernement à aider les Grecs dans leur lutte glorieuse pour l'indépendance, de même qu'en 1830, nous avons soutenu le siège d'Anvers et emporté la citadelle pour assurer l'indépendance de nos voisins les Belges, de même que nous avons eu l'imprudence, sinon de nous associer, du moins de nous intéresser avec sympathie aux efforts de la jeune Allemagne qui essayait de constituer en Europe une nouvelle personnalité morale, de même qu'à Magenta et à Solférino, nous avons donné notre sang pour aider la jeune Italie à secouer le joug de l'Autriche, de même qu'en 1860, avec un désintéressement qui touche à l'aberration, nous avons fait l'expédition de Syrie pour protéger les chrétiens contre le fanatisme des musulmans, de même aussi notre littérature témoigne d'un sentiment altruiste et social qui fait son mérite et sa dignité.

Après la guerre du Transvaal, pendant ce voyage

lamentable d'un président de République vaincue qui venait demander protection à l'Europe, si la France, momentanément devenue moins audacieuse à cause de ses blessures de 1870, pour la première fois, peut-être, contint ses mouvements généreux, et, malgré l'opinion publique frémissante, s'imposa de maintenir son intérêt personnel sans placer comme jadis au-dessus de tout le reste l'intérêt de l'humanité, du moins le peuple jetait-il les yeux autour de lui pour voir quelle nation en Europe suppléerait notre pays dans sa mission héréditaire de défenseur du droit. Pas une nation ne s'est levée. Ce que la France momentanément empêchée ne peut faire, il n'est personne qui veuille y prétendre, et c'est encore une grande leçon que la seule abstention de la France fasse, dans l'histoire du monde, une telle différence !

Le génie d'une langue se compose d'éléments extrêmement divers, difficiles à saisir, et parfois contradictoires. Il dépend de l'abondance ou de la rareté des voyelles, de la longueur des mots, de leur accentuation, de leur étymologie, de leur faculté de former ou non des mots composés, du mode de construction de la phrase, des complications de la syntaxe, du mode de formation des néologismes et même des subtilités complexes de l'orthographe, mais il dépend encore et surtout du génie particulier de la race qui a conçu cette langue, l'a développée, maintenue, transformée et qui en a fait l'instrument de sa culture, le dépositaire de toutes ses pensées, l'image et le reflet de toute sa sensibilité.

Clairs, doux, élégants et mesurés, notre langue notre littérature et notre caractère national s'adaptent l'un à l'autre étroitement. On sent à leur fréquentation que lorsque le génie de la Grèce, lorsque Minerve elle-même, chassée de sa ville natale par l'invasion des barbares prit son essor du haut de l'Acropole pour conserver au monde le goût des arts et le culte de la mesure, c'est vers les rives de la Seine qu'elle dirigea, d'un coup d'aile, son vol harmonieux ! Qu'importent les vicissitudes que l'Athènes actuelle a subies ? Les Romains emportent les statues et les colonnes, les ducs francs bâtissent leur palais et une tour sur les Propylées, les Turcs font un harem du temple d'Erechthée, les Vénitiens bombardent et font sauter le Parthénon, les Grecs perdent jusqu'au souvenir des monuments élevés par leurs ancêtres, et pourtant l'Acropole subsiste, vers laquelle le monde entier tourne les yeux, et qui demeure, pour les penseurs et pour les artistes, le symbole éternel de l'harmonie et de la beauté.

Puisse notre langue connaître une immortalité si glorieuse, et, par la même tradition, demeurer à jamais l'éducatrice des intelligences !

RAPPORT

PRÉSENTÉ A M. LE MINISTRE DE L'INSTRUCTION PUBLIQUE ET A M. LE PRESIDENT DU COMITE CENTRAL DE L'ALLIANCE FRANÇAISE.

Chargé par M. le Ministre de l'Instruction publique et par le Comité Central de l'Alliance française d'une mission en Orient, je quittai Paris le 30 septembre 1900. Au départ de Marseille par une belle lumière très fine de crépuscule occidental, dans le poudroiement déjà presque automnal des rayons de soleil qui ne se fût laissé bercer au rythme des premières vagues avec une petite griserie, une ivresse légère de jeune voyageur qui s'en va retrouver bien plus que découvrir les pays prestigieux qui furent le berceau de notre civilisation ? Il me chantait confusément dans la mémoire les pages lyriques de Lamartine, les hymnes de Chateaubriand, les notations ténues de Loti et les vastes visions de Melchior de Vogüé qui aima tant à méditer sous le ciel d'Orient sur les problèmes de race et de religion. Je partais pour suivre à la trace tout le développement de notre culture intellectuelle, retrouver les origines, saisir les points de comparaison, apprendre par le contraste à nous mieux connaître nous-mêmes. A l'escale de Naples, malgré l'attirance magnétique d'un musée où j'ai passé jadis des heures délicieuses, je me fis conduire en toute hâte vers le sommet du Pausilippe, et, gravissant avec émotion le chemin en lacets qui conduit parmi les vignes, les oliviers et les lauriers roses jusqu'au tombeau de Virgile, je rassemblai toutes mes forces pour me mettre un moment en communion plus étroite avec l'âme de celui qui répandit dans le monde païen le plus de douceur et le plus d'harmonie. Au retour vers notre navire, par cette route admirable qui domine le golfe de Pouzzoles, le cap Misène, Ischia, Procida et toutes ces petites îles qui sont comme un semis de perles sur la robe de la Méditerranée, tout le paysage bleuâtre était comme animé par son grand souvenir, et la mer elle-même soulevant les vergues et les mâts semblait prolonger un moment le balancement de ses vers.

Mais on me reprocherait à juste titre de donner ici une place trop importante à des impressions d'art dont j'aurai l'occasion de rendre compte ailleurs. Le mandat dont le Comité de l'Alliance m'avait fait l'honneur de me charger comportait des observations plus sévères. Faire visite à nos consuls et aux Comités de propagande des villes principales du Levant, visiter les écoles et les établissements français, noter les souhaits de chacun et m'en faire l'interprète, organiser dans chaque ville une conférence qui fût pour les groupes sympathiques à notre cause une occasion de se réunir et de se stimuler mutuellement, qui fût aussi pour les groupes indifférents ou hostiles une occasion de nous connaître et de nous mieux apprécier, collaborer enfin dans toute la mesure du possible avec les admirables Français qui, dans chaque ville, luttent avec opiniâtreté pour maintenir à notre langue son prestige séculaire, voilà quel était encore le but de mon voyage.

L'avouerai-je avec simplicité ? je ne me sentais pas sans inquiétude sur le sort de ces conférences. Malgré les assurances de M. Foncin et le savant exposé de l'état de notre langue en Orient par le chanoine Pisani, je ressemblais un peu à tant de Français qui, n'entendant que le français en France, s'imaginent qu'on ne parle que grec à Athènes, turc à Constantinople et arabe en Turquie d'Asie. Mes voyages en Europe auraient dû cependant m'éclairer ! Je craignais de trouver contre mon projet les pires des ennemis : l'indifférence et l'inertie. Je savais combien les Allemands s'étaient efforcés de nous supplanter en Grèce et à Constantinople, combien les Russes étaient à craindre en Syrie et en Palestine, de quelle guerre méthodique notre langue et notre influence en Egypte étaient l'objet de la part des Anglais. Que ce fût dans les livres, dans les journaux, ou dans les conversations, je n'entends partout que plaintes et regrets. Ma confiance en était ébranlée.

Je ne repris un peu courage qu'en observant autour de moi ceux qui voyageaient par le même navire. Les premiers passagers dont je fis connaissance furent des Syriens de Beyrouth et de Baalbeck. Je compris dès les premiers mots qu'ils venaient de réaliser l'un des grands désirs de leur vie. Ce voyage en France était pour eux comme un pèlerinage à la mère-patrie ; ils parlaient de notre pays avec admiration, ils s'exprimaient dans notre langue avec élégance et facilité. Et à peine eurent-ils appris que j'étais délégué de l'*Alliance française*, qu'ils me parlèrent avec feu de nos missions en leur pays, du rôle tutélaire, à leur égard, de la France et de notre Association, de l'espoir tenace qu'ils avaient que cette influence irait encore grandissant. Des jeunes gens s'approchèrent : c'étaient des étudiants en médecine qui allaient rejoindre leurs professeurs de l'Université de Beyrouth. Ils me parlèrent avec enthousiasme de cette vaste institution toute française et se montrèrent intarissables sur le compte du père Cattin. Peu à peu vinrent prendre part à nos entretiens des avocats grecs qui avaient fait leurs études en France et qui retournaient, l'un à Athènes et l'autre à Alexandrie, enfin, successivement, de jeunes employés à la régie de Jaffa, des fonctionnaires de Constantinople, des frères des écoles chrétiennes qui allaient rejoindre leur poste en Grèce et dans les Cyclades, des commerçants et des artistes. De toutes ces conversations émanaient un ardent amour pour la France et l'énergique volonté de maintenir nos positions dans toute la Méditerranée.

Bien plus vif encore fut mon plaisir lorsque je parvins à Athènes. Partout résonnait notre langue : dans les journaux, sur les murs, aux vitrines et dans tous les menus actes administratifs de douane ou d'enregistrement que l'on impose aux voyageurs. De temps en temps, j'arrêtais dans la rue un passant pour lui demander en français quelque renseignement ; à chaque instant j'avais la preuve de l'exacte véracité du rapport de M. Homolle : « Le français joue ici le rôle de langue internationale. » Et j'eus tout de suite l'impression que le sujet principal d'une conférence efficace devait être d'expliquer à nos auditeurs les raisons historiques et les raisons actuelles qu'ils ont de conserver à la langue française le crédit qu'ils lui font depuis si longtemps et de donner une expression nette et pour ainsi dire une base philosophique à des sentiments qu'ils éprouvent manifestement, les uns confusément et les autres consciemment, puisqu'ils continuent d'instinct à parler notre langue de préférence à toutes les autres.

Il s'agissait donc, je le sentis tout de suite, de ne blesser en rien le sentiment nationaliste des Grecs, qui ont une légitime tendance à faire grise mine à toute influence étrangère, mais à leur montrer, au contraire, que puisqu'ils se trouvaient dans la nécessité, pour se tenir au courant des idées modernes, d'adopter l'une quelconque des langues européennes, ils avaient les raisons les meilleures de préférer la nôtre à l'anglais, à l'allemand ou à l'italien. Je leur expliquai donc pourquoi, jadis, notre langue fut adoptée en Russie par la grande Catherine, en Prusse par Frédéric II, en Italie à la suite de nos incursions en ce pays et de l'établissement de dynasties françaises dans quelques-uns de ses petits Etats, en Espagne à la suite des Bourbons, en Angleterre au retour du Louvre après la révolution de Cromwell, en Suède et en Norwège avant Bernadotte et surtout après lui, bref dans chacun des pays de l'Europe.

J'insistai surtout sur la situation privilégiée que gardait aujourd'hui encore notre langue dans toute l'Europe, au point de vue littéraire et plus particulièrement dans les pays jeunes et vigoureux comme l'Amérique, et, leur ayant énuméré les bénéfices moraux que chaque peuple avait retirés de la fréquentation de nos livres (fût-ce pour nous combattre), je tâchai de rattacher cette mission civilisatrice de notre littérature à notre politique héréditaire de générosité à l'égard des faibles et de protection à l'égard des nationalités opprimées. Les exemples n'étaient que trop faciles à choisir. Et les auditeurs pouvaient déduire eux-mêmes cette conclusion : que notre langue et notre littérature étaient les meilleurs intermédiaires de la pensée moderne aussi bien que de la littérature classique, et par conséquent la meilleure éducatrice de l'intelligence et du cœur.

Or, pendant tout ce discours, j'observai mon public avec le plus vif intérêt : tout ce qui n'était qu'ornement ne fit guère d'impression, la partie historique fut écoutée avec la plus grande attention, le passage relatif à notre littérature considérée comme l'expression de la pensée moderne piqua au vif mes auditeurs, et lorsque je démontrai que toutes les forces d'un pays convergent vers un même idéal, et que les idées de liberté, de douceur, de justice et de pitié qui sont l'honneur de notre littérature étaient étroitement liées à nos campagnes généreuses en Amérique, en Italie, en Belgique, en Syrie et en Grèce, ils donnèrent libre cours à toute leur sympathie.

Mais quel admirable auditoire que celui qu'avaient réuni le Comité et son vice-président ! Les meilleurs Français de la colonie, les membres du cercle du Parnasse, des Hellènes lettrés en grand nombre, des prêtres grecs, des professeurs, des instituteurs publics, des employés de commerce, des étudiants, des élèves des écoles où l'on enseigne le français et surtout cette foule anonyme de ceux qui viennent d'on ne sait où et ne cherchent qu'à s'instruire. Je ne saurais trop remercier le fin diplomate, chargé d'affaires de France, qui présida cette réunion, le cercle du Parnasse qui nous prêta sa grande salle, et notre vice-président dont l'activité fit merveille. Grâce à eux, je partis plein de confiance pour continuer mon voyage vers Syra, Constantinople, Brousse, Smyrne, Beyrouth, Jérusalem, Port-Saïd, Le Caire et Alexandrie.

Je ne reviendrai plus sur le texte des conférences que je fis dans ces diverses villes. Au départ de Paris, je m'étais leurré de l'espoir chimérique de tenir partout à peu près le même discours. J'eus vite fait de m'apercevoir que l'on n'émeut pas de la même façon les Grecs, les Turcs, les Israélites, les Arméniens, les Syriens catholiques, les chrétiens de Palestine, ni les Egyptiens. Dans chaque ville je m'efforçai donc d'adapter mes arguments aux circonstances particulières ; mais il y a un point spécial que j'eus à traiter partout, parce que partout je rencontrai le même reproche formulé de diverses manières. Il s'agit de l'opinion si adroitement répandue que nos livres sont d'une lecture dangereuse, tandis que la littérature anglaise offre le type de la littérature de famille. Puissent les grands noms que j'ai cités jusque parmi nos auteurs les plus immédiatement modernes avoir convaincu ceux qui étaient de bonne foi qu'on ne juge une littérature que d'après ses grands écrivains, et qu'il n'est pas un pays au monde qui puisse revendiquer un plus grand nombre de poètes et de prosateurs dignes de leur réputation !

Ce qui acheva de me faire moins redouter les appréciations pessimistes auxquelles je faisais allusion au début de ce rapport, ce fut la visite des établissements d'instruction publique subventionnés par l'*Alliance française*. Cette visite m'a réconforté. J'ai visité l'hôpital français de Syra, l'école des sœurs, petit asile blanc et vert où les petites filles répètent en commun les rudiments de notre langue, les cours de M. Nonnotte si assidûment fréquentés au siège de l'Aliance, l'école des sœurs de Saint-Joseph-de-l'Apparition, à Athènes, qui compte 359 élèves dont 53 internes et 140 boursiers, et l'école magnifique du père Berthet (1), au Pirée, mais je renonce à les citer tous.

---

(1) Les dépenses engagées par les sœurs de Saint-Joseph dans les deux maisons d'Athènes et du Pirée, par le père Berthet dans l'école Saint-Paul, dépassent pour chacune 100.000 francs. J'ai eu l'honneur de visiter l'école Saint-Paul, d'y faire la connaissance du père Berthet et d'y déjeuner avec l'éminent délégué apostolique du Saint-Siège en Grèce ; j'en ai emporté le plus charmant souvenir et le plus réconfortant.

Je me souviens d'un jardin aux environs de Syra où me conduisirent le lendemain de ma conférence les membres du comité des Cyclades. Les orangers, les citronniers, et tous les fruits hespéridés, grenades et limons, y croissaient à profusion. Bien qu'à mi-côte sur la colline, des eaux vives tombaient de grandes vasques en marbre et couraient le long des allées, vivifiant les arbres et les fleurs dont les parfums se confondaient avec la senteur marine, et de la terrasse de ce jardin, devant la Méditerranée, mes compagnons me désignaient du geste : « Andros, Tinos, Naxos, Santorin, où des écoles parfois anciennes (1), et parfois toutes nouvelles (2), luttent avec succès pour l'éducation des enfants et l'enseignement du français. Je ne pouvais, hélas ! aller rendre visite à chacun de ces établissements (3), d'autant plus que le geste s'élargissait jusqu'à Corfou (4), je leur adressai, du moins, de très loin, un salut affectueux. Nous jouissons encore dans toute la Grèce des bénéfices moraux que nous a valus notre

---

(1) Comme celle des Lazaristes à Santorin, qui date de 1783.

(2) Comme celle des Oblats à Naxos, qui date de moins de dix ans.

(3) Je veux signaler aussi l'attention qu'a réclamée pour l'école de Mme Viaud, à Volo, un excellent aumônier de marine, M. l'abbé Lacroix.

(4) Ecole des sœurs de la Charité.

intervention en 1820. C'est par des Français que l'armée grecque a été réorganisée, par une société française qu'a été percé l'isthme de Corinthe et assaini le lac Copaïs, par des Français qu'ont été poursuivies un grand nombre des principales découvertes archéologiques, et *Delphes*, qui apparaît aux étrangers comme la merveille des environs d'Athènes, fait honneur à notre Ecole.

Il est donc fort naturel que le français tienne la première place dans les gymnase, à l'Université, à l'Arsakeion, comme il est enseigné aussi au lycée impérial de Galata Sérai à Constantinople, à l'Université hellénique du Phanar, à l'école Pallas et au Zappeion.

J'ai retrouvé partout, d'ailleurs, pendant le cours de ce voyage des journaux écrits en français, et où mes conférences retrouvaient un écho sympathique et multiplié. Il n'est pas de ville importante qui n'en possède au moins un : Athènes, à ma connaissance, en a trois, Constantinople quatre, dont le *Stamboul* que dirige M. Delbeuf, qui est là-bas un organe des plus importants, et le *Journal de la Chambre de Commerce*, dont M. Giraud a fait une publication éminemment pratique et documentée ; Smyrne en a trois, et il en est de même de Beyrouth, à Port-Saïd, au Caire, où les *Pyramides*, *le Courrier du Nil* et la *Bourse Egyptienne* se disputent la première place, à Alexandrie, enfin, où sont lus attentivement le *Phare d'Alexandrie* et la *Réforme* dont le directeur est M. Canivet. Tous ces journaux ont à cœur de faire aimer notre mère-patrie. J'ai remarqué avec plaisir que le plus grand nombre d'entre eux évitaient de prendre parti avec trop d'âpreté dans les querelles qui divisent la métropole et que, même pendant l'abominable « affaire », quelques-uns, comme le *Stamboul*, avaient essayé de rendre justice en même temps à ceux qui croyaient ne défendre que l'armée nationale et à ceux qui ne pouvaient supporter même l'idée d'une injustice. C'est par une telle modération que peut être maintenu le sentiment de solidarité qui, malheureusement, fait défaut quelquefois aux colonies françaises établies à l'étranger.

Trop souvent aussi, malheureusement, manquent à ces mêmes Français l'audace indispensable et la confiance en soi-même. Il y a des villes où j'ai dû vivement insister pour qu'on osât convoquer dans une grande salle mes auditeurs éventuels. Que ce fût à Constantinople ou au Caire, les organisateurs disaient à la fin de la soirée : « Je ne croyais pas qu'il y aurait eu tant de monde ! » et quelqu'un ne manquait jamais d'ajouter : « Ce qui prouve qu'il faut oser ! » Un appoint, d'ailleurs, qui ne nous manqua jamais, ce fut le bataillon serré des jeunes hommes qui forment la division supérieure dans les établissements où l'on enseigne le français. A Constantinople, tout le fond de la salle des fêtes de l'*Union française*, dont la magnifique organisation fait tant d'honneur à notre colonie, était occupé par cette masse noire où le lycée gréco-turc formait le groupe le plus compact. Et c'est à eux surtout que je m'adressais particulièrement. Dans un auditoire comme celui de Péra, un grand nombre de dames ne viennent que par curiosité ; les avocats turcs, arméniens ou grecs s'étaient laissé tenter par mon titre d'avocat et venaient entendre un confrère pour le juger du point de vue professionnel ; d'autres étaient venus comme par désœuvrement. Ceux qui m'intéressaient le plus étaient « les plus jeunes », c'est-à-dire l'avenir. Plus tard leur pays subira leur influence, et je serais trop heureux si mes arguments avaient pu faire sur quelques-uns d'entre eux une impression durable. Leur vibratilité avait parfois quelque chose de touchant. « Ah ! Monsieur, me disait le lendemain une jeune Française d'adoption, en sortant de votre conférence, nous étions fiers d'être professeurs de français ! » C'est l'éloge qui m'a le plus touché.

Notre Comité de Constantinople est d'ailleurs destiné à prendre de l'extension et des forces nouvelles. Notre Ambassadeur n'est pas de ceux qui soutiennent à demi les œuvres auxquelles il s'intéresse.

Notre colonie lui rend, à ce sujet, un témoignage unanime. Lorsque l'occasion se présentera pour lui de prendre en mains nos intérêts, il dépassera peut-être ce qu'avait fait pour nous M. Cambon.

A Smyrne, les frères des écoles chrétiennes étaient dans la salle du Sporting-Club à côté de leurs élèves, et si la rareté des bateaux m'a forcé à repartir sans avoir pu visiter toutes leurs écoles, du moins, en ai-je entendu parler avec de tels éloges par notre excellent consul, M. Guillois, que j'en ai eu le plus vif regret. Ils organisent en ce moment un nouvel établissement à Gueuz-Tépé ; ils peuvent être sûrs que l'appui de l'*Alliance* ne leur manquera pas (1). A Beyrouth, c'est dans la salle de la vaste Faculté de médecine que les pères jésuites avaient disposé une estrade et des faisceaux de drapeaux français. Au Caire, ces mêmes jésuites envoyèrent au théâtre, sous la conduite de leurs professeurs, 90 jeunes hommes , les frères des écoles chrétiennes en envoyè-

(1) Je me permets de noter ici l'écho de plusieurs conversations que j'eus avec des hommes compétents. Ils m'indiquèrent à plusieurs reprises l'importance que prenaient à l'étranger nos décorations rouge et violette. Il est maintes fois arrivé qu'une de ces distinctions honorifiques depuis trop longtemps sollicitée par nos agents consulaires fût devancée par une décoration étrangère, notamment « la couronne » d'Italie, et que les bénéficiaires devinssent brusquement tout dévoués à la cause du pays qui les en avait gratifiés.

rent autant ; l'école française de droit que dirige avec tant de savoir et d'habileté M. Pelletier du Rauzas en avait envoyé 100, et les écoles italiennes, les écoles coptes, l'école Kléber et d'autres encore avaient suivi leur exemple (1). Jeune et vibrant auditoire ! Ils écoutaient avec recueillement, parfois avec passion (2), acquis d'avance à ma conclusion !

L'une des raisons qui me décidèrent à traverser la Marmara pour aller visiter Brousse était évidemment mon désir passionné de passer quelques heures dans la solitude des tombeaux de la Mouradié et d'aller faire mes dévotions à la délicieuse mosquée Verte. Mais j'étais attiré aussi par tout ce que l'on m'avait dit de l'antagonisme existant dans cette ville entre l'école congréganiste des Pères Assomptionnistes et l'école laïque de M. Velletaz.

Le Père Marie-Xavier compte à Constantinople les défenseurs les plus ardents, et je m'aperçus vite que son école méritait tous les éloges que l'on m'en avait faits, mais la hardiesse d'un particulier qui s'en va spontanément et sans autre appui que son courage fonder en Asie-Mineure une école française est trop rare pour qu'on ne s'y intéresse pas !

---

(1) L'ensemble des auditeurs peut être évalué à 1.500 ou 1.600 personnes.

(2) Je me souviens de quelques petits sifflets qui me plurent infiniment.

J'ai eu la grande joie d'ailleurs de constater dès le début que la rivalité entre les deux établissements était passée de l'état aigu à la période d'apaisement. Peut-être l'*Alliance française* a-t-elle contribué à cette pacification en tenant la balance exactement égale entre les deux partis. Je me garderai d'ailleurs d'insister sur les reproches réciproques que se font les deux directeurs, et je comprends fort bien que lorsque des religieux sont établis dans une ville depuis plus de dix ans, ils aient quelque mauvaise humeur à voir grandir à côté d'eux une école où l'instruction religieuse n'est inscrite qu'en seconde ligne. Mais ces deux écoles ne font pas double emploi et il est fort heureux que la lutte soit terminée. Les collèges fondés par les Augustins de l'Assomption ont en effet pour but, selon les termes mêmes de leur programme, de donner aux enfants :

1° Une éducation religieuse et civile ;

2° Une instruction solide, leur permettant, au terme de leurs études, d'occuper une situation avantageuse.

Ceux qui savent combien les musulmans sont attachés à leur religion (1), devinent de quelles difficultés ce programme est la cause ; à un très petit

(1) L'Islam forme un bloc à peu près intangible. En Orient je n'ai pas entendu parler d'une seule conversion.

nombre d'exceptions près, ces écoles religieuses ne sont fréquentées que par les Grecs, les Arméniens, les Syriens, Levantins et Européens ou fils d'Européens. Une école comme celle de M. Velletaz paraît répondre à un besoin particulier. Parmi ses 84 élèves, il se trouve un assez grand nombre de musulmans ! le fils du vali (1), est parmi eux, et sa présence donne le ton à un certain nombre de fonctionnaires ou d'employés supérieurs. Les relations avec les autorités musulmanes, dans ces conditions, deviennent tout naturellement cordiales et l'enseignement de notre langue touche ceux-là mêmes dont nous aurons plus tard le plus grand besoin : les futurs fonctionnaires et employés musulmans. J'ai entendu assez souvent des indigènes lettrés se plaindre, à tort ou à raison, du zèle convertisseur de certains religieux. Ce zèle alla un jour, paraît-il, jusqu'à imposer aux enfants une casquette d'uniforme au lieu du fez national. Cette mesure provoqua les plus vives protestations et même la fermeture momentanée d'une école. Ce fut en tout cas l'occasion de petites difficultés diplomatiques. Les écoles laïques n'offrent aucune prise à ce reproche. Il y aurait donc intérêt à favoriser leur développement. Une institution comme celle de M. Velletaz gagnerait à ce qu'il fût donné au directeur un collègue faisant fonction d'ad-

(1) Gouverneur de la province.

joint. Il serait utile de choisir cet adjoint assez jeune et assez décidé pour assurer la perpétuité de l'école pour le temps où le directeur actuel voudrait se retirer.

J'ai eu à Beyrouth la même impression qu'à Brousse en visitant l'école si jeune, si vigoureuse et si digne d'encouragement de M. Ollivier, et l'école Kléber, que dirige au Caire un excellent Français d'adoption : M. Landowisky. Peut-être s'est-on jusqu'ici un peu trop accoutumé à croire qu'il ne peut exister en Orient que des écoles congréganistes. Si importantes et si admirables qu'elles soient, nous avons le plus grand intérêt à soutenir aussi les écoles purement laïques.

Ce qui rend notre tâche difficile, c'est la mauvaise humeur de ceux qui se sont installés les premiers. Notre Comité de Port-Saïd se trouve virtuellement dissous à la suite de ces rivalités. Quand je suis arrivé dans cette ville, j'espérais être l'occasion d'une assemblée et d'un rapprochement. Mon très aimable confrère, M. Chansou, m'a eu bien vite détrompé. Le Comité de Port-Saïd s'était séparé d'abord du Comité du Caire, puis d'un assez grand nombre de ses collègues opposants pour la réalisation d'un but unique : la création d'une école laïque. Or, cette école n'a pu tenir pour des causes d'ailleurs assez personnelles au directeur qui avait été choisi. Et le Comité a cessé de se réunir. Un tel résultat fait sentir quelles sont les difficultés.

Mais, à Beyrouth, comme je causais de ces difficultés avec M. Coze, qui est là-bas notre principal appui et l'un des présidents les plus dévoués que j'aie rencontrés, il réfléchit un moment, puis me conduisit chez l'un de ses amis, directeur de la principale école musulmane de la ville, et où sont élevés d'après des méthodes françaises ceux qui seront un jour la classe dirigeante de leur race. La déférence et l'amabilité que nous témoigna l'Oriental en robe verte et rose, dont la politesse un peu cérémonieuse, la grande barbe et l'air méditatif avait tant de noblesse, nous touchèrent infiniment, mais mon plaisir devint plus vif lorsqu'il me fut donné d'interroger en français les jeunes musulmans, d'écouter leurs réponses justes et de faire réciter aux deux ou trois meilleurs élèves des fragments du bon fabuliste ou de M. Florian. Mes éloges aux professeurs furent certes sincères.

Mais comme nous sortions, tout charmés de notre visite :

— Ne croyez-vous pas, me dit M. Coze, que si nous pouvions faire accepter par de telles écoles un *prix de l'Alliance française*, cela stimulerait davantage encore leur zèle ? Il faudrait que ce prix fût très beau, et il deviendrait vite l'un des plus ambitionnés.

L'idée est en effet des plus heureuses, et je me sens

acquis d'avance à tout ce qui augmentera notre influence sur les musulmans et sur les écoles musulmanes. Il est souvent très difficile de fonder des écoles nouvelles, aussi est-il d'autant plus efficace de stimuler par de tels moyens le zèle des enfants dans les écoles qui existent.

Il y aurait aussi grand avantage à ce que l'*Alliance* pût mettre des livres de lecture à la disposition de ces jeunes hommes, de leurs professeurs et des autres adhérents. Nos amis de Syra (1) ont déjà réalisé ce desideratum, et il y a au siège du Comité un assez grand nombre de livres qui passent de mains en mains sans nécessiter d'autres formalités qu'une brève mention sur un registre spécial. Ne pourrait-on organiser quelque chose d'analogue dans les villes principales du Levant ? La difficulté de trouver un local ne doit pas être insurmontable. Dans les villes où fonctionne un cercle français comme au Caire, on pourrait sans doute s'entendre avec les administrateurs, et dans les autres stations du Levant, comme Smyrne, Beyrouth, Port-Saïd et Alexandrie, dût-on s'adresser à des hôteliers, les avantages seraient considérables. Il n'y a pas à se dissimuler, en effet, que les cotisations deviendraient d'un paiement plus

(1) Je ne parle pas de l'*Union française* de Constantinople qui dispose de mille ressources et dont la bibliothèque est considérable.

facile et plus régulier si on offrait aux adhérents en échange de leurs six ou douze francs un avantage personnel. Le premier fonds de ces bibliothèques de prêt pourrait être fourni par l'*Alliance*. Je suis persuadé que des dons et des legs en augmenteraient tout de suite l'importance.

Il est enfin un troisième moyen de propagande que je me permets d'indiquer à notre Comité central, parce qu'il me semble qu'il serait, comme les deux autres, efficace et peu coûteux.

Que ce soit en Syrie, en Palestine ou en Egypte, parmi les écoles purement indigènes, il en est un grand nombre qui ont le désir de faire apprendre le français à leurs élèves mais qui n'en n'ont pas le moyen. L'*Alliance* ne pourrait-elle prendre l'initiative d'un arrangement aux termes duquel elle supporterait la moitié ou peut-être les deux tiers des dépenses qu'entraînerait l'adjonction à ces établissements d'un professeur de français ?

C'est principalement en Palestine et au Caire que j'ai eu le sentiment de l'utilité de cette mesure. Mon auditoire à Jérusalem (1) se composait de trois groupes distincts : quelques gens du monde de passage dans la ville, des représentants de presque toutes

---

(1) Dans la Bibliothèque des Dominicains à l'Institut Saint-Etienne.

les congrégations catholiques d'hommes ou de femmes, un groupe nombreux de jeunes gens où se trouvaient quelques anciens élèves du frère Onésime-Marie et un très grand nombre d'élèves de l'école de l'*Alliance israélite*. Or, après la conférence (1) je fis connaissance, entre autres personnes, d'un Français établi à Jérusalem depuis plus de deux ans, et qui me parla longuement avec une grande précision de détails de l'influence grandissante des Russes, des services que rendaient à leur cause la *Société de Palestine* et les six milles pèlerins qu'elle jette chaque année sur la côte de Jaffa, de l'appui que cherchait auprès du clergé grec la diplomatie orthodoxe. Il est certain que notre influence, déjà combattue par les colonies allemandes (2), se trouve menacée aussi par la puissance grandissante des Russes. La similitude de confession religieuse est entre leurs mains une arme dont ils se servent au point de vue politique Il n'est pas douteux que des efforts adroits ont déjà été faits pour mettre la main sur les établissements et les écoles qui sont soumis au patriarche

(1) Qui dut tout son éclat à la présence et à l'appui effectif du chancelier de notre consulat, M. Wiet.

(2) Comme celles du Temple, de la plaine de Saron, de Jaffa et de Caïfa, qui viennent s'établir en Palestine en grand nombre et sans esprit de retour pour cultiver la vigne et les produits du sol. Le « pèlerinage » de l'Empereur a donné à ces colonies une nouvelle impulsion.

grec. Or, ces efforts, jusqu'ici, ne paraissent pas avoir abouti. Il m'est revenu au contraire que les écoles et les établissements grecs gardaient pour le français la prédilection traditionnelle, et que si notre langue n'y était pas plus souvent ou mieux enseignée c'était par défaut de ressources. L'*Alliance* ne pourrait-elle commencer par collaborer à la nomination d'un professeur de français à l'école Sainte-Croix ? Elle trouverait sans doute chez l'éminent patriarche grec une réelle sympathie.

Le même procédé pourrait donner dans la Haute et dans la Basse-Egypte de brillants résultats. Je crois que cette idée ne déplairait pas à notre ministre de France au Caire ; la réalisation en paraît d'autant moins difficile que l'on trouverait assez facilement, surtout en Egypte, des indigènes dont les prétentions seraient moins onéreuses que celles des instituteurs français et qui doivent aux établissements des jésuites ou des frères une instruction suffisante pour devenir à leur tour professeurs.

Cette organisation, qui pourrait être utile partout, paraît en Egypte tout à fait nécessaire. Tout le monde sait par quelle guerre quotidienne notre influence y est combattue par les Anglais. On est même porté à s'exagérer en France, les progrès de la langue anglaise sur les rives du Nil, de même qu'on s'exagère les progrès de l'empereur à Constantinople. S'il est vrai que le sultan suit les indications du ministre plénipotentiaire d'Allemagne plus que celles de notre ambassadeur pour tout ce qui touche à l'organisation de l'armée, aux fournitures militaires et à l'éducation supérieure des officiers, du moins la langue allemande n'a-t-elle fait aucun progrès en Turquie. Le français est encore la seule langue d'usage courant à Constantinople et dans les ports principaux. Nous tenons encore la tête dans la plupart des grandes affaires et dans les principales administrations : qu'il s'agisse de la Dette ottomane, de la Régie, de la Banque impériale, des Postes et Télégraphes, ou de la Société des quais, on trouvera partout plus de directeurs, de fonctionnaires et d'employés français que de toutes les autres nationalités réunies. Ai-je besoin d'ajouter qu'il en est de même dans les écoles de tout l'empire où nous exerçons presque un monopole ? Or, s'il est vrai que l'affluence des touristes anglo-saxons a fait prédominer l'anglais dans les régions de la Haute-Egypte, il n'en demeure pas moins que le français garde une suprématie incontestable au Caire et dans la Basse-Egypte. Il est encore, et de beaucoup, l'idiome le plus employé dans l'usage courant, dans les magasins, au théâtre, dans les journaux et dans les clubs. Sous ce rapport, et malgré tous les efforts de lord Cromer, l'anglais n'a fait que les progrès les plus médiocres

Le français est encore la langue des actes officiels, des tribunaux mixtes, de l'administration du Canal, et d'un très grand nombre de grandes entreprises industrielles. Il était encore, il y a quelques années, exigé par les élèves et par les parents dans les écoles de l'Etat. Malheureusement, depuis Fachoda, l'administration anglaise s'est montrée plus audacieuse. Le consul général anglais a fait adopter une série de mesures qui aboutiront, d'ici peu de temps, à la suppression de l'enseignement du français dans les écoles de l'Etat. Cela a commencé par la séparation dans les classes de l'enseignement anglais et de l'enseignement français pour aboutir bientôt à la suppression des cours de français en commençant par les classes inférieures. L'accomplissement de ce plan n'alla pas sans difficulté (1), mais on en vint cependant à bout. Et

---

(1) M. Dunlop, alors inspecteur anglais, dut même user de subterfuge. Comme la difficulté principale était d'obtenir le consentement de M. Peltier-Bey, directeur du lycée Tewfick et de l'Ecole normale, inspecteur français, membre du Conseil supérieur de l'Instruction publique, en 1897 on l'envoya en mission dans les provinces du Sud. Pendant son absence les nouveaux programmes furent élaborés et mis en vigueur. Peut-être en ces circonstances et plus particulièrement encore en 1899, lors de la fermeture de l'Ecole normale fondée en 1880 par des Français, M. Peltier-Bey n'a-t-il pas résisté comme il aurait dû.

comme la tendance du gouvernement est de ne plus accorder de fonctions publiques qu'aux jeunes gens diplômés de l'enseignement anglais, étant donnée la passion des jeunes Egyptiens pour tout ce qui ressemble à une place de fonctionnaire, on voit que la mesure est grave. Notons cependant que la population est à ce point attachée au français qu'un très grand nombre de jeunes gens ont déserté les écoles officielles pour le collège des jésuites, celui des frères (1), et les autres écoles françaises. Il n'en demeure pas moins vrai que l'adjonction de professeurs de français aux écoles purement indigènes nous rendrait les plus grands services.

Il est encore une manifestation de notre activité sur laquelle je me permets d'attirer l'attention de tous ceux qui s'intéressent à nos affaires d'Orient : c'est la création des écoles professionnelles. Le déve-

---

(1) D'après M. Hyacinthe Amadou, les jésuites en 1896-1897 avaient 653 élèves, et les frères des écoles chrétiennes, 3.424 ; en 1898-1899 les jésuites en avaient 718 et les frères, 3.972. Le total des élèves dans les établissements français en Egypte était de 9.411 en 1896-1897 et de 10.634 en 1898-1899. Dans ce total se trouvent compris 3.896 jeunes gens indigènes, dont 1.423 Musulmans de race pure et 2.473 Coptes. Notons d'ailleurs que la confiance des parents indigènes est d'autant plus justifiée à l'égard des jésuites et des frères qu'ils tiennent à honneur, en Egypte, de ne pas convertir les enfants qui leur sont confiés.

loppement de ces écoles est un des problèmes qui m'ont le plus vivement intéressé au cours de ce voyage. Donnons d'abord la palme à la magnifique école professionnelle de la sœur Meyniel à Beyrouth. Elle recueillit en 1882 sept orphelins, qui furent ses premiers élèves, et s'efforça de leur apprendre un métier qui les mît en mesure de gagner leur vie. Les demandes d'admission affluant à chaque trimestre, elle ouvrit d'abord un atelier de menuiserie, puis un atelier de cordonnerie, ensuite des ateliers de tissage et de teinture de la soie, enfin un atelier de tailleurs, et elle espère ouvrir bientôt, si les ressources le permettent, une forge et une ferronnerie (1).

J'aimerais à pouvoir décrire plus longuement la tenue exemplaire de cette école, l'atmosphère de douceur, de travail et de tranquillité heureuse qui émane de toute cette ruche, l'élan de tous ces jeunes esprits, criant : Vive la France ! après que *la Marseillaise* eût été jouée en notre honneur par la fanfare de l'école. Cet établissement et tous ceux qui se formeront sur son exemple, répondent à un besoin essentiel : doter le pays d'une industrie en rapport avec les dispositions de ses habitants, fournir aux jeunes gens le moyen de gagner leur vie, ne pas produire de déclassés et faire aimer la France ! Je me suis déjà constitué auprès du Comité de l'*Alliance* l'interprète des

---

(1) L'école compte aujourd'hui 170 élèves.

demandes que me firent l'honneur de m'adresser les vaillantes collaboratrices de la sœur Meyniel. J'espère qu'elles recevront d'ici peu ce ballot de cartes géographiques et de livres.

L'école professionnelle de l'*Alliance israélite* à Jérusalem répond aux mêmes besoins, et est organisée à peu près de la même manière. Les maîtres sont Français, l'instruction y est donnée en français, et j'ai admiré l'ardeur au travail de ces jeunes hommes par qui se trouveront bientôt singulièrement élevés le niveau moral et l'aisance matérielle de l'énorme agglomération de Juifs qui s'amasse silencieusement autour de Jérusalem. Sans doute les hautes ambitions des « Sionites » sont-elles encore bien chimériques, et je ne vois pas qu'ils puissent même espérer la reconstitution d'un Etat juif, mais entre ceux qui rêvent d'une nation autonome et ceux qui, réfractaires à tout progrès, croupissent dans l'ignorance et dans la saleté, il y a une belle marge. Un établissement comme celui que dirige M. Benveniste répand un peu de lumière en des cerveaux qui en ont le plus grand besoin et j'ai visité cette école (1) avec un très vif intérêt.

Je ne puis louer, hélas! que d'après M. Homolle, la nouvelle école professionnelle de Naxos ; je rends hommage aussi aux efforts des Pères de Sion, qui

(1) Qui compte environ 500 élèves.

essaient de créer à Jérusalem une école professionnelle chrétienne, et j'en arrive enfin à l'établissement professionnel des frères à Alexandrie. Notre éminent ministre au Caire, M. Cogordan, et notre consul à Alexandrie, M. Pierre Girard, qui est pour la Basse-Egypte le collaborateur le plus compétent et le plus dévoué de l'*Alliance*, m'en avaient parlé à plusieurs reprises, comme d'une œuvre éminemment intéressante. J'ai eu l'honneur de la visiter en la compagnie de M. Pierre Girard et de M. Padoa-Bey, président de notre Comité d'Alexandrie, et j'ai pu me rendre compte des services que cette école rend déjà et des services qu'elle pourra rendre lorsqu'elle aura pris son développement normal. Les ateliers de tailleurs, de menuiserie, de reliure et de cordonnerie qui existent déjà font pressentir ce que cette école peut devenir. Puisse la médaille d'argent que l'*Alliance* a décernée à ces vaillants Français à l'occasion de leurs beaux envois à l'Exposition de Paris, leur être un témoignage de la sollicitude de notre Comité central ! Bien que relativement importantes, nos allocations sont encore très insuffisantes. La somme qu'il s'agit de trouver est considérable, il faudra cependant qu'on la trouve ! Le gouvernement et l'*Alliance* y contribueront et quelque généreux donateur voudra sans doute faire le surplus : il y a là une œuvre sur laquelle comptent tous les Français d'Egypte.

Nous avons d'autant plus d'intérêt à la soutenir que les efforts des Anglais ne sont pas les seuls que nous ayons à redouter. Le gouvernement italien s'est donné beaucoup de peine pour rétablir en Turquie, en Egypte et dans les ports du Levant, l'usage de la langue italienne qui, il y a cinquante ans, était encore d'un usage courant chez les matelots et les gens du peuple. Alexandrie, Smyrne, Constantinople et Tunis sont le siège de quatre « directeurs » dont les travaux jusqu'ici n'ont obtenu que de maigres succès. Ce peu de résultats ne doit pas cependant nous permettre d'être moins énergiques. Rappelons-nous quelle place nous avons tenue dans l'histoire de l'Egypte ; souvenons-nous que notre pays fut le seul qui soutint Méhémet Ali dans sa lutte pour l'indépendance, et que l'opposition des autres puissances empêcha, seule, cette indépendance complète. Et quand ce même Méhémet Ali, ayant compris l'importance de la civilisation européenne, entreprit de transformer son peuple, c'est par des soldats français, des légistes français, des ingénieurs français et des professeurs français que pénétra en ce pays la culture européenne. Tout ce que l'Egypte emprunta à l'Europe dans l'ordre intellectuel lui vint d'abord de la France. Si ses hautes classes furent quelque peu instruites, elles le furent par des maîtres français et dans les idées françaises. Comment n'aurions-nous pas en ce pays, au point de vue intellectuel, une situation privilégiée? Comment ne lutterions-nous pas afin de la maintenir?

Mais voici qu'au moment de terminer ce rapport, je me sens pris d'un grand scrupule. Parmi tant d'œuvres en Orient, j'ai conscience de n'avoir pu en visiter qu'un très petit nombre, et je sens aussi que je n'en puis parler que trop brièvement. Par bonheur, les adhérents de l'*Alliance* connaissent les études complètes qui ont été publiées dans ce magnifique volume: *La langue française dans le monde*. Je ne puis avoir l'ambition, sur un si vaste sujet, que d'apporter après tant d'autres ma très modeste contribution d'observations et de renseignements. J'emporte du moins, de ce voyage, l'impression que, malgré tant de nouvelles alarmantes, nous faisons encore bonne figure dans ce bassin de la Méditerranée. Pour ces peuples de races et de langues si diverses, la France est encore la personnification la meilleure de l'Europe. C'est vers elle que se tournent les yeux avides de lumière et vers elle que retentissent les supplications de ceux qui souffrent. Que de fois j'ai entendu citer avec un soupir l'exemple de l'Algérie et celui de la Tunisie! En Syrie, un jour, sur la route de Damas, des hommes du peuple m'offrirent à boire, et comme nous causions pendant quelques minutes, l'un d'entre eux me demanda: « — Quand *reprenez-vous* la Syrie? » Il n'y a aucun doute sur ceci : les Allemands sont impopulaires à Constantinople, et les Anglais détestés en Egypte, nous sommes encore pour tous ces peuples « la doulce France » de jadis.

C'est à nos fondateurs et directeurs d'écoles que nous devons en grande partie la persistance de cette affection ; ce voyage m'a donné pour leur ténacité et pour leur énergie une admiration sans limite. J'éprouve le même sentiment à l'égard de l'*Alliance* elle-même, qui est la seule association française organisée pour le maintien de nos droits et de nos prérogatives. Partout, à la tête de chaque Comité, j'ai trouvé l'homme qui était le plus apte à diriger notre œuvre, j'ai senti partout l'influence bienfaisante de nos envois et de nos subventions. Puissent nos ressources nous permettre bientôt d'être tout à fait à la hauteur de notre tâche !

Notre Œuvre en Orient

La bienveillance qu'ont bien voulu me témoigner le Comité Central de l'Alliance française, M. le ministre de l'instruction publique, et les paroles trop indulgentes qui viennent d'être prononcées me rendent la tâche infiniment difficile. Dans cette salle illustre, en présence de personnalités (1) qui ont consacré leur vie à l'étude des problèmes extérieurs, je me sens d'une extrême modestie, plus particulièrement devant vous, Monsieur, qui pendant votre longue carrière avez honoré la science française. Pour avoir visité l'Europe à peu près dans tous les sens et avoir parcouru la Méditerranée depuis le détroit de Gibraltar jusqu'aux défilés du Bosphore, il n'y a certes pas lieu de se donner pour un explorateur, mais le voyage d'Orient offre à l'observateur tant de sujets de méditation, une si riche variété de races, de religions, d'idéals philosophiques et religieux, que nul, même en plusieurs volumes, ne peut se targuer d'a-

---

(1) Cette conférence a été prononcée le 24 octobre 1901 dans le grand amphithéâtre de la Sorbonne, sous la présidence de M. Levasseur, membre de l'Institut, qui voulut bien, en présentant le conférencier, faire de lui un éloge très touchant.

voir épuisé une si riche matière et qu'il reste encore à glaner pour les pèlerins à venir sur ces chemins qu'ont suivis tant d'illustres voyageurs.

Chaque jour ce glissement imperceptible d'un beau navire sur les flots céruléens de la Méditerranée nous éloigne des choses déjà vues, nous rapproche des paysages antiques, nous met en communication avec l'âme des aïeux, nous donne pour ainsi dire le frémissement harmonieux que durent éprouver au XVe siècle, en Italie, ceux qui, brusquement éblouis, retrouvaient intacte dans les statues et dans les manuscrits l'âme divine du peuple grec.

Mais en dehors de ces souvenirs et de ces évocations, que de questions soulève à chaque pas un voyage en ces beaux pays : l'histoire et les variations de notre politique en Orient, la complexe question des races et de leur degré d'assimilabilité à une civilisation supérieure ! Nul pays n'offre une telle variété de types. Tous les Européens, Français, Italiens, Grecs, Allemands, Anglais, Russes, Américains y sont représentés par des colonies plus ou moins nombreuses, et vivent côte à côte avec les races du Levant en leur infinie variété : les Grecs de la côte d'Asie, les Turcs, les Arméniens, les Syriens, les Juifs, les Egyptiens, les Coptes, les Arabes du désert et les Arabes de la côte, les métis de diverses races et ceux enfin dont les ascendants sont de nationalités si diverses que l'on ne sait plus à quel pays les rattacher et qu'on les appelle tout simplement : Levantins sans qu'on puisse autrement préciser.

Mais le mélange des religions est non moins extraordinaire. Catholiques, latins et chrétiens schismatiques, Grecs orthodoxes ou Grecs-unis, Protestants, Arméniens, Coptes, Maronites, Musulmans et Juifs se méprisent mutuellement et se font une guerre tantôt sourde et tantôt déclarée. A Jérusalem, par exemple, qui est une ville sainte à la fois pour les musulmans parce que le prophète y vint prier, pour les juifs parce que c'est le berceau de leur race, et pour nous parce que Jésus y enseigna la tolérance, la douceur et la pitié, on a été obligé de diviser l'église du Saint-Sépulcre en petits territoires distincts. Les Grecs, les Latins et les Coptes y sont en guerre perpétuelle, et nous ne comprendrons jamais, nous qui vivons à Paris, comment un Franciscain, par exemple, en balayant un peu plus loin que la limite qui lui a été fixée sur le parvis du sanctuaire empiète sur les droits du clergé grec au point d'entraîner parfois une bataille que les baïonnettes turques peuvent seules apaiser. Le monument lui-même, la vieille église des Croisés, est dans un état de décrépitude et de saleté repoussantes, et toute réparation y est impossible parce qu'il est chimérique d'espérer une entente quelconque entre les diverses confessions qui se disputent avec une âpreté de théologiens enragés.

Il s'agit donc pour un politique clairvoyant de pénétrer bien le détail de ces rivalités, et sans vouloir s'acharner à modifier des convictions encore inébranlables, sans vouloir surtout convertir ceux qui ne pensent pas comme nous, de canaliser et, pour ainsi dire, d'adapter à nos visées particulières toutes ces ardeurs religieuses.

Mais ce problème de races et de religions, si compliqué qu'il puisse paraître d'abord, le devient davantage encore quand on l'étudie de plus près. La question d'influence politique et la question de langue y sont étroitement liées. Chaque Etat européen use de tous les moyens en son pouvoir pour augmenter son autorité. La similitude de confession religieuse et la propogande deviennent entre leurs mains des instruments politiques, notre vieille prééminence est battue en brèche de toutes parts.

Nous avons à poursuivre en Orient deux ordres de résultats très distincts. L'un — purement politique — consiste à maintenir intacte l'autorité de notre ambassadeur et de nos consuls, à soutenir nos écoles, à subventionner nos fondations, à développer notre commerce et notre industrie, afin que si un jour — bientôt peut-être — s'ouvre partiellement ou non la succession de celui qu'un tsar a justement appelé *l'Homme malade*, nous ayons des droits à faire valoir et des avantages à obtenir. Le deuxième — purement moral et désintéressé — consiste à protéger les chrétiens contre le fanatisme musulman, à soulager dans nos dispensaires et dans nos hôpitaux toutes les misères humaines que l'ignorance et le manque de soin ont faites en ces pays plus lamentables et plus repoussantes qu'ailleurs, à instruire les enfants et les jeunes hommes, à leur enseigner les arts nécessaires à la vie, les métiers et les professions susceptibles de créer dans ces pays ou de développer l'industrie et le commerce indispensables à leur prospérité.

Il est enfin une dernière considération que je n'ai pas le droit de passer sous silence. Nous avons dans ces régions un patrimoine moral à maintenir et à augmenter. Que de fois, au cours de ce voyage, j'ai constaté avec orgueil la place que nous occupions encore dans l'imagination de ces peuples, et combien en certains pays, en Syrie notamment et en Egypte, ils nous restaient fidèlement et affectueusement attachés !

Vous voyez quelles sont l'abondance et la variété des problèmes qui se posent à l'esprit de celui qui, revenu en France, envisage d'un coup d'œil les quatre mois qu'il a passés en Orient. Et si vous voulez bien vous souvenir que tous ces problèmes ont pour cadre les paysages les plus prestigieux du monde et qu'on y est pour ainsi dire plongé dans un poudroiement de lumière, vous comprendrez quelle violence devra se faire un voyageur qui est surtout un homme de lettres pour se placer uniquement au point de vue de notre langue et de notre influence, et ne vous presque rien dire volontairement de la splendeur et de la poésie des pays qu'il aura traversés.

Le but précis de mon voyage était de faire une tournée de conférences en français dans presque tout le bassin de la Méditerranée, c'est-à-dire en Grèce, à Constantinople, sur la côte d'Asie Mineure, à Smyrne, en Syrie, en Palestine et en Egypte, afin de faire connaître à mes auditeurs ou de leur rappeler les raisons historiques et les raisons actuelles qu'ils ont de conserver à la langue française le crédit qu'ils lui font depuis si longtemps.

Je m'efforçai donc de ne froisser en rien le sentiment nationaliste de ceux qui ont une tendance légitime à se défier de toute influence étrangère, et, leur expliquant le titre que j'avais choisi : *La mission civilisatrice de la littérature française*, je leur démontrai dès le début que puisque leur belle langue maternelle n'était parlée que par un si petit nombre de nationaux qu'ils se trouvaient dans la nécessité pour se tenir au courant des idées modernes d'adopter l'une quelconque des langues européennes, ils avaient les raisons les meilleures de préférer la nôtre à l'anglais, à l'allemand ou à l'italien.

Que ce fût la constatation de la situation privilégiée qu'occupe aujourd'hui encore notre langue au point de vue intellectuel dans presque tous les Etats de l'Europe et dont les conférences de M. Brunetière à Rome, de MM. Doumic et Deschamps en Amérique, aussi bien que les innombrables tournées dans tous les pays de nos troupes dramatiques sont des témoignages éclatants, que ce fût encore l'exposé de notre suprématie intellectuelle sur l'Europe entière à la fin du XVIIIe siècle, que ce fût enfin la démonstration que les causes qui ont fait notre grandeur subsistent dans une large mesure et que les peuples les plus divers peuvent aujourd'hui encore retirer de la fréquentation de notre langue et de notre littérature les mêmes bénéfices moraux qu'ils en retirèrent jadis, de telles idées et de tels souvenirs étaient accueillis avec joie par les auditoires les plus divers. Foules admirables, d'ailleurs, qu'avaient réunies, dans les diverses villes du Levant ou d'Egypte, nos consuls et les présidents de chaque comité : les plus notables de chaque colonie, les membres des cercles importants, des Hellènes lettrés en grand nombre, des prêtres grecs, des professeurs, des instituteurs publics, des employés de commerce, des étudiants, des élèves des écoles où l'on enseigne le français et, surtout, la foule anonyme de ceux que l'on ne connaît pas et qui viennent écouter pour s'instruire.

L'empressement du public à se rendre à ces réunions avait parfois quelque chose de touchant : au Caire, la grande salle du théâtre de l'Esbékieh était noire de monde depuis les fauteuils jusqu'aux cintres ; il en était de même à Constantinople dans la grande salle de l'*Union française* ; à Athènes dans la salle du cercle du Parnasse ; à Smyrne, dans la salle du Sporting Club ; à Beyrouth, dans la grande salle de l'admirable Faculté de médecine ; à Jérusalem, dans la salle des conférences du magnifique Institut Saint-Etienne, et à Alexandrie, dans la salle des fêtes de l'Hôtel Abbat. Il y eut même de petites villes comme Syra, dans les Cyclades, où j'étais presque sûr de n'avoir devant moi qu'une cinquantaine de personnes et où l'affluence spontanée de presque tout ce qui compte dans la ville revêtit le caractère d'une véritable manifestation francophile.

Dans chaque ville je demandais qu'on voulût bien inviter individuellement les jeunes gens et les jeunes filles qui étaient inscrits aux cours de français et j'insistais pour qu'on ne fît aucune distinction entre les établissements publics ou privés, laïques ou congréganistes. Il arrivait souvent que les parents devançassent les désirs de notre Comité en venant solliciter des invitations. D'ordinaire, ils accompagnaient leurs enfants même lorsqu'ils ne connaissaient pas eux-mêmes la langue française et témoignaient par leur attitude d'une approbation tacite. Nulle part il n'y eut de froissement ou de rivalité. Que ce fût à Constantinople ou au Caire, à Beyrouth ou à Jérusalem, la bonne volonté fut unanime. Les jeunes hommes de l'Ecole de droit voisinaient avec les élèves des frères des écoles chrétiennes et les étudiants de la Faculté de médecine avec les enfants des écoles primaires.

Jeune et vibrant auditoire ! Vous pensez bien que c'est pour lui spécialement que je parlais. Si intéressant que fût aussi le reste du public, ils sont, eux, « l'avenir », ils formeront dans chacun de ces pays la classe dirigeante; plus tard, ils occuperont dans leur pays des charges importantes, et comme nous savons que c'est précisément vers la vingtième année que les impressions sont le plus vives, je me tiendrais pour trop heureux si les idées que j'ai exposées avec le plus de force et le plus de clarté possible avaient pu faire sur eux une impression durable.

Après chaque réunion, je m'informais d'ailleurs des réflexions qui avaient été faites.

Il y en eut de pittoresques : au Caire, en démontrant que la mission éducatrice de la langue et de la littérature françaises est en concordance avec notre politique traditionnelle de protection à l'égard des faibles et des nationalités opprimées, je n'avais pas pu m'empêcher de suggérer une tacite comparaison avec le rôle traditionnel des Anglais, et l'auditoire avait accueilli ce passage par des acclamations pour les héroïques défenseurs du Transvaal. A la fin de la réunion, un fonctionnaire anglais s'approcha de l'un des étudiants égyptiens de notre école de droit :

— Vous n'aimez pas les Anglais ? lui dit-il.

— Si, Monsieur, lui répondit l'autre, j'admire chez vous ceux qui ont le courage de l'opposition.

Et je me souviens encore d'une ou deux réflexions bien caractéristiques :

J'avais remarqué dans mon auditoire, à Jérusalem, un assez grand nombre de personnages décoratifs auxquels je n'étais pas accoutumé de m'adresser. Il y en avait de blancs et noirs : c'étaient des Dominicains et les jeunes Français de l'Ecole biblique ; d'autres, tout blancs, c'étaient les Pères blancs du cardinal Lavigerie ; d'autres, tout gris, c'étaient les Franciscains et les Capucins ; d'autres, tout noirs, c'étaient les Augustins de l'Assomption ; d'autres avec de beaux cheveux longs et des barrettes hautes c'étaient les prêtres du patriarcat grec ; et le groupe des religieuses offrait une variété de costumes plus grande encore : les unes étaient grises et blanches, c'étaient nos sœurs de charité ; les autres presque toutes noires, c'étaient les Dames de Sion ; d'autres enfin toutes bleues et dont quelques-unes avaient un joli visage de grave et d'austère douceur, c'étaient, je crois, les petites sœurs du Rosaire.

Je vous avoue que devant un pareil auditoire jamais ma gêne ne fut plus grande. Dès le lendemain, je tirai par sa courroie de cuir un jeune Assomptioniste d'esprit fort délié et le priai de me dire les opinions qu'il avait entendues :

— Il y a un groupe de sœurs converses, m'a-t-il dit, qui, le soir même, a fait une courte prière pour ce jeune Français sympathique, qui serait une si bonne recrue pour l'Eglise, mais qui ne paraît pas être tout à fait dans la bonne voie...

Quoi qu'il en soit de cette opinion, je me hâte de dire que je n'ai pas trouvé en Orient les religieux aussi arriérés que quelques-uns veulent bien le dire. Je les ai vus, au contraire, fort intelligents, fort adroits, et je suis heureux de le constater ici, fort patients et dévoués à notre cause.

Il n'y a pas à se le dissimuler, les assises principales de notre influence en Orient sont l'autorité de notre ambassadeur à Constantinople et de nos consuls dans les diverses stations du Levant ; ce sont ensuite nos hôpitaux et nos fondations charitables ; et notre admirable président, M. Foncin, a dit avec son incontestable autorité que « les sœurs de Saint-Vincent-de-Paul, qui, à Jérusalem, soignent les malades, font plus pour la France et la langue française que le prestige de milliers de baïonnettes ». Qu'il s'agisse de l'hôpital de Syra, de celui de Jérusalem ou de nos fondations en Egypte, les établissements français jouissent dans tout l'Orient d'une suprématie incontestée. On voit des paysans faire des lieues pour venir consulter les médecins qui y sont attachés, même quand ces paysans ont à leur porte un hôpital anglais, et leur reconnaissance serait infinie s'il y avait au monde une reconnaissance qui fût infinie.

Mais l'assise principale de notre influence en Orient est encore et demeure nos établissements d'instruction publique, collèges de garçons ou écoles de filles. En Grèce, je suis allé visiter le dispensaire français de Syra, l'école des sœurs, petite ruche bourdonnante où les bambins et bambines répètent en commun les rudiments de notre langue. C'est une étrange impression, dans une petite île grecque éblouissante de soleil et posée sur la Méditerranée comme une opale brillante sur une coupe d'azur, que de se trouver tout à coup dans une rue silencieuse et d'entendre des voix enfantines scander les premières lettres de notre alphabet. C'est comme une bouffée de l'air du pays, comme un parfum de la terre natale.

J'ai visité à Athènes l'école des sœurs Saint-Joseph de l'Apparition et, au Pirée, celle du père Berthet. J'ai dû renoncer à les visiter toutes.

Mais comment pourrais-je même essayer de vous faire l'énumération de nos diverses écoles du Levant ? En 1899 l'*Alliance française*, outre ses livres classiques, ses prix et ses médailles, qui représentent déjà une somme considérable, a distribué plus de 50.000 francs de subventions qui se répartissent sur plus de 80 établissements où l'on enseigne avant tout la langue française. Et parmi ces établissements, il en est un assez grand nombre qui comptent 5 à 600 élèves. Bien plus, il est des établissements d'enseignement français, si importants et si riches par eux-mêmes qu'ils n'ont jamais témoigné le désir de recevoir la moindre subvention ; c'est le cas, par exemple, des établissements des Jésuites à Beyrouth, établissements qui comportent non seulement une Faculté de théologie, une vaste et admirable Faculté de médecine, mais encore, dans l'intérieur du pays, nous dit M. Kœchlin (1), 180 écoles avec plus de 10.000 élèves. En Egypte, d'après une statistique récente, les Jésuites avaient, en 1899, 700 élèves et les frères 4.000, dont plus de 3.500 indigènes.

Ces chiffres vous disent quels sont le nombre et l'importance de ces écoles, et je ne vous parle ici ni

---

(1) Journal des Débats, septembre 1901.

des Lazaristes, ni des Augustins de l'Assomption, ni des dizaines d'ordres religieux d'hommes ou de femmes qui ont été pour ainsi dire adoptés par les populations du Levant.

Tous ces ordres poursuivent évidemment un but de propagande catholique et personnelle, ce dont vraiment nous ne pouvons leur en vouloir, mais ils poursuivent aussi le même but que nous : faire apprendre le français, faire aimer la France, préparer les voies à notre action diplomatique, à notre commerce et à notre industrie.

Et voilà pourquoi tous nos ministres des Affaires étrangères sans aucune exception et, plus près de nous, M. Hanotaux aussi bien que M. Delcassé, et tous nos ambassadeurs à Constantinople, aussi bien M. Cambon que M. Constans qu'il serait exagéré de dépeindre comme un clérical militant, ont soutenu en Orient de leurs encouragements et de leurs subventions ces mêmes religieux que l'on se trouvait dans l'obligation de maîtriser en France. C'est une tradition qui date de loin. Vous vous souvenez de la réponse de ce grand patriote Gambetta à ceux qui avaient la sottise de lui demander la suppression de cette protection et de ces subventions à nos écoles d'Orient : « L'anticléricalisme n'est pas un article d'exportation. » Jules Ferry, l'homme admirable d'énergie et de clairvoyance à qui nous devons en grande partie la reconstitution de notre empire colonial, celui-là même qui fit exécuter en France les décrets de 1880, augmentait presque au même moment le chiffre de nos subventions en Orient et s'entendait avec la Compagnie de Jésus pour l'établissement de l'Université de Beyrouth. On a pu dire de lui qu'il en avait été le fondateur.

Or, y avait-il et y a-t-il encore, comme on se complaît trop souvent à le répéter, manque de logique dans une pareille conduite? Il faut pour le soutenir n'avoir qu'une médiocre vision de nos intérêts et de notre histoire. Les dissentiments qui se sont élevés entre certaines congrégations et les divers gouvernements qui se sont succédé en France, aussi bien avec la Royauté qu'avec le Second Empire ou notre troisième République, n'ont jamais eu pour cause que des conflits au point de vue de la politique intérieure. Quand des congrégations prennent parti dans la lutte politique, tantôt par un enseignement dirigé méthodiquement contre les principes laïcs de notre Etat moderne, tantôt par la publication de journaux nettement hostiles à l'idée républicaine, elles provoquent par le fait même à la lutte — et par conséquent à la victoire ou à la défaite — ceux qui ont la charge et la responsabilité de l'unité morale et de l'unité politique du pays. Mais, de même qu'il n'y a aucune raison de dissoudre en France les congrégations qui s'occupent uniquement d'œuvres de charité, de même n'y a-t-il aucune bonne raison pour ne pas soutenir de toutes nos forces les membres des congrégations qui, se trouvant à l'étranger, et demeurant par conséquent en dehors de toute immixtion dans notre politique intérieure, trouvent leur propre intérêt à travailler avec nous à une œuvre commune : la grandeur et le bon renom de la France.

Laissez-moi donc regretter publiquement le vote récent de la Commission du budget qui, par un aveuglement incompréhensible, a supprimé d'un trait, certain jour, les subventions à nos écoles d'Orient, et laissez-moi en appeler, comme tous ceux qui s'intéressent à notre influence extérieure, de ses membres mal informés au ministre mieux averti.

Est-ce à dire que nous ne puissions pas avoir en Orient d'autres écoles que les écoles congréganistes et que nous soyons liés à nous en remettre exclusivement à nos religieux de l'éducation des enfants? Telle n'est pas le moins du monde ma pensée ; nous avons, au contraire, un très grand intérêt à soutenir aussi en Orient des écoles laïques.

Si patriotes qu'ils soient, nos religieux ont en effet à notre point de vue un défaut qui a causé quelquefois à notre ambassade d'assez graves ennuis et même la fermeture momentanée de certaines écoles, et ce défaut, qui n'est pas général, mais qui chez eux est assez naturel, est de vouloir convertir au catholicisme, quand la chose n'est pas tout à fait impossible, les enfants qui leur sont confiés. De là, de la part des Musulmans, des Grecs et, en général, de tous les adeptes des autres confessions religieuses, une défiance légitime qui diminue notre sphère d'influence. C'est à cette partie de la population du Levant et notamment aux fils de Musulmans que s'adressent les écoles laïques. Les fils de fonctionnaires turcs y envoient volontiers leurs enfants, leur présence donne le ton au reste de la société indigène, et notre enseignement s'adresse ainsi à ceux dont nous avons le plus besoin, c'est-à-dire les fonctionnaires et les futurs notables. Les cours de M. Nonnotte à Syra, pour les jeunes orthodoxes, et pour les jeunes musulmans, l'école de M. Velletaz à Brousse, celle de M. Ollivier à Beyrouth, celle de M. Landowisky au Caire répondent à ces besoins et à ces aspirations.

Ai-je besoin d'ajouter que l'*Alliance* a toujours encouragé ces écoles avec une sollicitude particulière et qu'elle en désire vivement le développement et la multiplication ? Le Comité dans ces questions (et parfois dans ces conflits) s'efforce de faire preuve de l'impartialité la plus patriotique, et s'il est vrai qu'en Orient la plus grande part des subventions se donne aux écoles congréganistes, c'est parce qu'elles sont de beaucoup les plus nombreuses et les plus importantes, mais on ne citerait pas une seule tentative particulière que l'*Alliance* n'ait immédiatement encouragée ni une seule école française laïque qu'elle n'ait immédiatement subventionnée.

C'est à cette bienveillance universelle et à cette impartialité que l'*Alliance* doit de jouir en Orient d'une influence considérable et d'une incontestable autorité. A notre pavillon de l'Exposition, toutes les écoles, congréganistes ou non, avaient tenu à envoyer le plan de leurs établissements et leurs travaux d'élèves, et je me souviens d'un petit fait assez touchant.

Dans l'une des écoles que j'ai visitées j'interrogeai quelques enfants. La sœur directrice me pria alors de remarquer une petite fille au joli visage grec avec de lourds cheveux bouclés et de beaux yeux d'Orientale où la pupille sombre semblait un iris noir flottant sur des gouttes de lait. L'enfant avait des larmes dans ces yeux admirables. Je m'approchai d'elle et lui demandai la cause de sa tristesse. « Elle voudrait savoir, me dit la sœur directrice, si vous avez remarqué son cahier que nous avons envoyé avec les autres pour l'exposition de l'*Alliance.* » Jamais visage ne s'éclaira d'une joie plus radieuse que celui de cette enfant lorsque je lui dis qu'en effet je l'avais tout à fait remarqué parmi les autres, ce mince petit cahier, et lui remis en récompense, je ne sais plus quel souvenir... L'*Alliance,* dans cette école, vous le voyez, était le juge souverain du travail et des progrès des élèves.

Dieu sait pourtant que, trop nombreuses, nos subventions sont modestes et souvent bien inégales aux besoins ! Quand il voudrait tant donner à pleines mains, notre Comité est presque toujours obligé de compter, de réduire et de lésiner. Même pour des établissements de première importance comme cette école professionnelle d'Alexandrie où tout est à créer et dont notre consul attend de si grands résultats, nous n'avons pu, en 1900, donner tout ce qu'on nous demandait et cette triste constatation vous fera goûter la saveur d'une petite scène typique qui nous a bien fait rire : Je portais à cette école d'Alexandrie la médaille d'argent que l'*Alliance* lui avait décernée pour ses envois à notre pavillon. Tous les élèves étaient présents, les professeurs se trouvaient à notre droite, la musique du collège, dans le fond, jouait la *Marseillaise* à en perdre le souffle pour le reste de la vie ; M. Pierre Girard, notre consul, m'avait fait l'honneur immérité de me placer au centre et se tenait auprès de moi, tandis que se trouvait à notre gauche le président de notre comité, M. Padoa-Bey. Devant l'aréopage que nous formions ainsi un élève s'avança pour nous lire un compliment ; mais que devinrent les professeurs et devînmes-nous lorsque, lisant l'éloge de notre œuvre en Orient et nous parlant « de la mère patrie et de cette France toujours si géné.. » il s'arrête, se trouble, respire, tourne la page... et se reprend enfin : « de cette France toujours si généreuse ... ! »

Nous eûmes toutes les peines du monde à ne pas éclater de rire.

Cette modicité relative de nos ressources me fait ressouvenir qu'il y a à tout une contre-partie et je me rappelle un autre trait bien caractéristique : Un religieux vint trouver M. Coze, le président de notre Comité de Beyrouth, et lui exposa que, pour je ne sais quel établissement de médiocre importance, il avait besoin de 2.000 francs. Le chiffre parut élevé. Le demandeur insista, fit un devis, et prouva surabondamment qu'il n'exagérait rien. Notre président promit d'en parler à son Comité, mais revint encore sur l'importance de cette somme sans que le solliciteur consentît à rien rabattre. A quelque temps de là M. Coze le fit appeler : « Eh bien, voilà, lui dit-il, tout bien considéré, nous ne pouvons vous donner que 150 francs. » Le religieux leva les bras au ciel et dit : Je n'espérais pas tant ! »

Ce qui prouve qu'il faut un certain discernement dans l'étude des dossiers.

Est-il nécessaire d'ajouter que le Comité apporte scrupuleusement dans l'étude de chaque demande ce discernement et cette attention de tous les instants ?

Il n'en est pas moins vrai que nous sommes en état d'infériorité évidente vis-à-vis du trésor inépuisable des sociétés russes et anglo-saxonnes et que nos ressources sont toujours inégales à nos besoins. Réfléchissez que, si je me borne volontairement à ne vous parler que de nos écoles d'Orient, l'*Alliance*, elle, exerce son influence dans les cinq parties du monde, et vous comprendrez que nous ayons un pressant besoin de sociétaires nouveaux. Que vous mettiez seulement votre signature au bas de l'un de nos bulletins, vous, jeunes hommes de nos lycées, dont je vois un peu partout les physionomies attentives, vous aussi jeunes filles de nos collèges dont la présence adoucit la sévérité de cete réunion, et dès votre entrée dans la vie sociale vous aurez la satisfaction de vous être associés plus intimement à la grande œuvre de notre expansion nationale.

Que de bonnes choses il y aurait à faire dans ces pays si malléables, si nous disposions des ressources nécessaires !

Je vous ai dit tout à l'heure l'importance morale de nos hôpitaux et fondations charitables. Je vous ai parlé de nos écoles primaires et secondaires, et des services qu'elles nous rendent. Je vous ai dit l'intérêt que nous avions à créer aussi des écoles purement laïques ; je voudrais maintenant attirer votre attention sur un point que j'estime capital : la création et le développement des écoles professionnelles.

Que de fois en effet, voyant ces milliers de jeunes gens à qui on a donné l'instruction secondaire, avec à peu près le programme de nos lycées et de nos collèges, je me suis demandé ce qu'ils devenaient dans la vie ! Car, enfin, dans l'administration turque, il n'y a pas de places à l'infini, bien qu'on n'y touche que rarement un traitement fort médiocre, et cette éducation a souvent donné aux jeunes gens une ambition peu en rapport avec leur fortune. Que deviennent-ils ?

C'est une question que j'ai souvent posée aux directeurs d'institution. « La plupart, m'ont-ils répondu, deviennent commis dans une maison de commerce », et voilà qui est excellent ; mais un assez grand nombre aussi cherchent vainement une situation en rapport avec leurs goûts et deviennent des drogmans ou tout à fait déclassés. D'autres enfin ne pensent qu'à une chose : venir en France, où ils ne peuvent que nous encombrer. J'ai eu entre les mains quelques lettres bien caractéristiques adressées à l'un des membres de notre Comité du Levant et qui témoignent en même temps un ardent amour pour la France... et du désir d'y trouver une place.

Quel remède y a-t-il à cela ? Il en est un très pratique et très simple, c'est celui que la sœur Meyniel a inventé à Beyrouth et qui y donne les meilleurs résultats. Les commencements furent modestes. Quelques orphelins furent ses premiers élèves et on s'efforça de leur apprendre un métier qui les mît en mesure de gagner leur vie. Ce ne fut ni du grec ni du latin qu'elle leur enseigna, mais le métier plus pratique de tailleur et de cordonnier. Depuis ces humbles débuts, de véritables ateliers ont été ouverts avec un matériel complet : un atelier de menuiserie, un autre de cordonnerie, un atelier de tissage et de teinture de la soie, des ateliers de tailleurs, et, si ses ressources le lui permettent, elle ouvrira bientôt une forge et une ferronnerie.

Cet établissement et tous ceux qui se sont formés et qui se formeront sur son exemple, comme l'école professionnelle de Naxos et celle de l'*Alliance israélite*, à Jérusalem (dont presque tous les maîtres sont Français et qui compte 500 élèves), répondent à un besoin essentiel : doter le pays d'une industrie en rapport avec les dispositions de ses habitants, fournir aux jeunes gens le moyen de gagner leur vie, et faire aimer la France.

Que de moyens encore nous pourrions employer ! Nous pourrions créer des prix spéciaux de langue française pour les écoles purement musulmanes où l'on enseigne le français. Ces prix stimuleraient singulièrement le zèle des maîtres et celui des élèves et deviendraient vite les plus ambitionnés. Nous pourrions aussi créer dans nos principales stations du Levant des bibliothèques de prêt ; nous pourrions enfin réaliser ce que je considère comme l'un des moyens les plus efficaces : prendre les meilleurs parmi les élèves indigènes formés par nos écoles et les adjoindre comme professeurs de français à des écoles indigènes qui désirent vivement enseigner notre langue, mais qui ne peuvent y parvenir par défaut de ressources. Il n'est pas douteux que des efforts adroits ont déjà été faits, notamment par les Russes, pour mettre la main sur les établissements et écoles qui sont soumis au patriarche grec. Ces efforts ne paraissent pas avoir abouti dans une large mesure. Il m'est revenu, au contraire, que les écoles et établissements grecs gardaient pour le français leur prédilection traditionnelle. Mais le plus souvent, comme l'enseignement de notre langue est dans ces écoles insuffisant, l'*Alliance*, à défaut du gouvernement, pourrait prendre à sa charge la moitié ou les deux tiers des frais qu'entraînerait la présence d'un professeur compétent.

Le besoin en est d'autant plus urgent que nous avons à repousser dans tout l'Orient une plus vive concurrence étrangère. Cette prépondérance de la langue française, si favorable à nos desseins et à notre commerce, ne date que d'un petit nombre d'années. Il y a cinquante ans, c'était l'italien qui se parlait couramment, et le gouvernement du roi Humbert, pendant le ministère de M. Crispi, créa des « directeurs d'enseignement » dont un à Smyrne et un à Alexandrie, et mit à leur disposition des sommes considérables pour nous déposséder de nos avantages. Ces efforts n'ont pas abouti dans la mesure qu'il espérait, mais nous avons malheureusement d'autres rivaux plus redoutables. M. Homolle, dans son rapport, nous parle des inquiétudes que lui donnent en Grèce les Anglais et les Allemands. Vous savez combien la situation de l'Allemagne est devenue dangereuse à Constantinople, sinon au point de vue de la langue, qui n'apparaît encore nulle part, du moins au point de vue de l'influence diplomatique, et qu'il y a eu pendant un moment, surtout après l'assassinat des Arméniens, entre l'Empereur et le Sultan, une intimité qui faisait moins d'honneur au souverain protestant que de plaisir à l'organisateur des massacres. Cette influence allemande s'est manifestée à Constantinople pour tout ce qui touche aux choses du palais : c'est à la prussienne qu'il y a eu un essai de réorganisation militaire, et c'est en grande partie aux compagnies allemandes que les commandes pour l'armée ont été faites ; c'est à Berlin que les jeunes officiers turcs vont de préférence finir leur éducation ; c'est par une compagnie allemande que sera construit le chemin de fer du golfe Persique, et je ne fais que vous rappeler les colonies agricoles allemandes qui se sont solidement établies dans la plaine de Caïffa et celle de Jérusalem. La concurrence italienne est très sensible à Smyrne et n'est à dédaigner nulle part. Les Anglo-Américains travaillent en Syrie ; ils ont établi, à côté de la Faculté de médecine française, une fort belle école de médecine, ils ont institué des bibliothèques circulantes, ils ont gagné presque complètement les Druses du Liban et, malgré les efforts des Maronites, qui nous demeurent reconnaissants du service capital que nous leur avons rendu en 1860 et qui sont les meilleurs agents de propagation de la langue française, ils ont fait de très réels progrès dans les villages qui dépendent du vali de Beyrouth. Si je vous rappelle qu'ils disposent des sommes presque inépuisables que mettent à leur disposition les innombrables sociétés bibliques d'Angleterre, vous comprendrez combien ils sont à redouter.

Mais, si redoutables qu'ils soient, les Russes sont des rivaux des plus dangereux encore : l'alliance avec le tsar a eu certes pour nous des résultats dans certaines complications européennes, mais elle n'a pu éviter qu'en Orient chacun travaille pour son compte. L'ambassadeur russe se plaît à jouer un rôle dans les destinées de l'Eglise orthodoxe grecque, il aime à se montrer son protecteur, et la dernière élection du patriarche d'Antioche témoigne que son influence est extrêmement précise. Les écoles russes sont nombreuses et d'autant plus à redouter qu'elles sont pour la plupart gratuites et richement entretenues par la Société de Palestine. Celle-ci est extrêmement riche ; les consuls russes usent aussi largement que possible de l'influence que leur donne sur le clergé orthodoxe la similitude de religion. Les pèlerins russes arrivent à Jérusalem par foule, entassés dans les entreponts, j'allais dire par ballots; les établissements russes s'étendent, prospèrent et se multiplient.

Et je ne vous ai encore parlé qu'incidemment de l'Egypte et de la guerre incessante et méthodique qui nous est faite dans ce pays où les Anglais se conduisent en maîtres. Car il ne faut pas oublier que la colonie française est encore, au Caire, de beaucoup plus nombreuse que la colonie anglaise, et que si le consul général anglais parvient, souvent, à imposer sa volonté au gouvernement égyptien (qui subit d'ailleurs cette tyrannie avec une impatience bien peu dissimulée), il a encore fort à faire avant de nous déposséder de tous nos avantages. Certes nous subissons durement la faute impardonnable que nous avons commise en 1882 quand nous nous en sommes laissé imposer par les éternels ignorants qui, connaissant aussi peu la géographie politique du monde qu'ils ne savent l'histoire des peuples et des races, ne cessent de répéter aux ignorants comme eux : « Qu'allons-nous faire dans ces parages lointains? Occupons-nous de nos affaires ! » sans se douter que c'est l'avenir même de notre commerce et des affaires du monde qui se jouera dans ces prétendus parages lointains et notamment sur les bords du canal de Suez. Mais enfin si, contre tout droit, et en dépit de ses propres déclarations répétées à satiété, l'Angleterre maintient sur le Khédive sa tutelle autoritaire, il n'en est que plus important pour nous de maintenir intacts nos droits et nos prérogatives pour le jour du règlement final.

Nous ne sommes pas encore effacés de l'Egypte! Le français y est encore la langue des actes officiels, des tribunaux mixtes, de l'administration du canal et d'un très grand nombre d'entreprises industrielles ; quand on débarque à Alexandrie, notre langue résonne tout de suite aux oreilles, le nom des rues est écrit en français, et un assez grand nombre de nos concitoyens font partie du Conseil municipal.

Comme langue de la société, des journaux, des clubs, du théâtre et de la vie ordinaire, l'usage du français l'emporte de beaucoup au Caire et dans la Basse-Egypte sur l'usage de l'anglais. Et si l'abondance des touristes anglo-saxons a fait prédominer l'anglais dans la Haute-Egypte et dans la populace des guides et des marchands de scarabées, nous n'aurions pas à nous en inquiéter autrement, si nous pouvions garder nos positions au Caire et dans la Basse-Egypte. Nous avons malheureusement fort à faire. La lutte est quotidienne. Or, l'un de nos principaux moyens de résistance réside là encore dans nos écoles françaises. Je vous ai déjà parlé des vastes établissements qu'y possèdent les jésuites et les frères des écoles chrétiennes ; je me résume en vous disant qu'il y a dans les établissements français d'enseignement public en Egypte plus de dix mille élèves à qui l'on enseigne, en même temps que notre langue, le respect et l'amour de notre mère patrie.

Même dans les écoles officielles organisées par le gouvernement, les classes du français étaient encore, il y a quelques années, presque seules suivies au détriment de l'anglais, par les élèves indigènes, et si, malheureusement, depuis la douloureuse affaire de Faschoda, l'administration de lord Cromer s'est montrée plus audacieuse, si elle a désorganisé l'enseignement du français au bénéfice de l'anglais dans les écoles officielles, c'est encore à nos établissements que, momentanément du moins, ces mesures ont profité, car, plutôt que de se priver de l'enseignement de notre langue, beaucoup de familles indigènes ont préféré retirer leurs enfants des écoles du gouvernement et les confier à nos éducateurs. Les statistiques le prouvent à l'évidence : d'une année à l'autre, les écoles officielles ont vu diminuer leur population, les nôtres ont brusquement augmenté. N'est-ce pas là une nouvelle preuve entre cent de la juste impopularité de l'administration anglaise et de la sympathie que nous garde le peuple égyptien ?

Comment d'ailleurs pourrait-il en être autrement ? Ce fut par des soldats français, des légistes français, des ingénieurs français et des professeurs français que pénétra en ce pays la culture européenne. Tout ce que l'Egypte emprunta à l'Europe lui vint d'abord par l'intermédiaire de la France. Et je ne parle ni de la construction ni de l'administration du canal demeurées françaises, ni de petites enclaves comme Ismaïlia, qui sont et demeureront comme de perpétuels foyers irradiants d'influence française.

Nous avons été les éducateurs de l'Egypte, comme nous sommes les éducateurs du Levant, comme nous fûmes, au XVIIIe siècle, les éducateurs de l'Europe. Je rappelais au début de cette conférence, la situation privilégiée qui fut la nôtre à la fin du siècle dernier ; que n'ai-je le temps de vous démontrer, comme j'aimerais tant à le faire, les résultats de cette influence morale ! S'il y a aujourd'hui, dans le monde, un désir de justice et de générosité, il n'est personne qui ose nier que les idées françaises n'y aient contribué pour une part prépondérante. La caractéristique générale de notre littérature entière, considérée d'un coup d'œil dans sa suite harmonieuse, c'est d'avoir été, dans son ensemble, humanitaire. Et cette caractéristique lui est commune avec notre caractère national et notre politique héréditaire.

Car la tour d'ivoire, où certains poètes de notre temps ont voulu se réfugier, n'est qu'une chimère décevante. Les artistes véritables ne peuvent jamais s'empêcher de subir et de refléter les influences extérieures. En écrivant *Germinal*, Zola, jadis, a dressé un juste réquisitoire contre la bourgeoisie oisive, et dans chaque pays le même mouvement d'idées engendre les mêmes œuvres littéraires : en Belgique, c'est Camille Lemonnier qui écrit *Happe-Chair* ; en Allemagne, c'est Gérard Hauptmann qui écrit les *Tisserands* ; en Scandinavie, c'est Bjornson qui écrit *Au-dessus des Forces humaines*, et Ibsen l'*Ennemi du Peuple* ; en Russie, c'est le comte Tolstoï qui écrit *La Guerre et la Paix* ; ce sont tous les autres, partout. Mais cette tendance altruiste dont s'honorent aujourd'hui tous les peuples qui ont une littérature digne de ce nom, c'est nous qui en avons donné le modèle et on la retrouve au plus profond de nos traditions littéraires.

Qu'il s'agisse de Bossuet, de Molière, de La Fontaine, de Racine ou de Corneille, notre littérature du XVIIe siècle peut être appelée « sociale » et éducatrice. Il en est de même et d'une façon plus incontestable encore pour nos philosophes du XVIIIe siècle : Voltaire, Diderot, Montesquieu et Rousseau, si préoccupés de vie morale, si attentifs au conflit entre les droits de l'individu et ceux de la société, si passionnément épris d'un idéal supérieur qui a paru à tous les peuples un idéal universel.

Certes, notre littérature n'offre plus aux yeux de l'Europe, ni du monde, la même unité d'inspiration ; mais si elle est devenue plus touffue, plus compliquée, et souvent d'un métal moins pur, pour celui qui juge de haut et qui tient pour non avenus les petits romans d'adultère que le vent emporte à chaque saison, le même souci d'universalité se retrouve parmi les meilleurs de nos contemporains.

J'ai presque à m'excuser de n'avoir dit que ce qui est à l'honneur de nos idées et de notre littérature, et de m'être mis à l'unisson des étrangers qui nous aiment encore. Je sais que ces idées en ce moment ne sont pas à la mode (1) et que le succès n'a guère souri depuis dix ans qu'aux prétendues analyses cruelles et aux livres qui traitent de la supériorité des autres peuples. Il n'est pas mauvais cependant d'avoir gardé intact l'orgueil d'être Français et de jeter un regard en arrière pour y trouver des raisons d'espoir plutôt que des prétextes à découragement.

---

(1) Venaient de paraître presque en même temps des livres décourageants : *Le problème de l'avenir latin* (par Léon Balzagette, *L'esprit moderne* par Emile Perret, *A quoi tient l'infériorité française* par Léon Balzagette, *De la supériorité des Anglo-Saxons* par Edmond Demolins.

TABLE DES MATIÈRES

Paris. — Imprimerie G. CADET, 7, rue Cadet.

www.ingramcontent.com/pod-product-compliance
Ingram Content Group UK Ltd.
Pitfield, Milton Keynes, MK11 3LW, UK
UKHW020238220726
13923UKWH00002B/721